산다든가
죽는다든가
아버지든가

산다든가
죽는다든가
아버지든가

제인 수 지음

미래타임즈

차례

이 남자, 혈육이므로

   우리 집은 새해 첫날 반드시 성묘를 간다. 그렇게 정해져 있다.

   '우리 집'이라고 표현했지만 일흔일곱이 된 아버지와 마흔두 살의 외동딸로 이루어진 가족이다.

   새해 첫날에 성묘를 가는 게 우리 집 연례 행사가 된 것은 십팔 년 전 어머니가 저승으로 주민등록을 옮기고 나서부터다.

   아버지와 약속하면 늘 내가 지각한다. 지각하는 버릇은 아버지를 쏙 빼닮은 것이라 유전이라고 해도 될 정도인데 근래 들어 아버지가 좀 달라졌다. 노인이 되고부터는 시간이 넘쳐 나는지 약속 시간 십 분 전에 도착해 주변을 서성인다.

2016년 새해 첫날도 아버지는 나보다 먼저 고코쿠지護国寺, 도쿄
도 분쿄구에 있는 사찰에 도착해 있었다. 차콜색 중절모에 유니클로 회
색 라이트다운을 입고 석재점石材店, 묘역 근처에서 묘석 등을 관리하고 꽃이
나 향 등을 판매하는 가게의 큰 시계 아래에 앉아 있었다. 온종일 TV를
보면서 소파에 누워 있었던 탓인지 꾸부정하게 의자에 걸터앉아
있다. 그런 아버지를 보는 마음이 안 좋다. 요즘은 화려한 색상의
옷을 즐겨 입는데, 오늘은 왠지 우중충한 차림새다. 웬 묘석 같은
남자가 다 있네, 했더니 아버지였다.

"새해 복 많이 받으세요."

새해 인사를 하면서 아버지를 따라 가게로 들어갔다. 평상시
에는 파리 날리는 가게지만 새해 연휴에는 성묘하러 온 손님들
이 끊임없이 드나들어 북덕북덕 활기가 넘쳤다.

"일전에 그 블루종이 참 멋있었는데…. 오늘은 다른 옷을 입고
오셨네요?"

석재점 여주인이 아쉽다는 듯 말했다. 여주인이 보기에도 칙
칙한 라이트다운이 별로인 모양이다.

지난번 성묘 때 아버지는 새빨간 블루종에 크림색 캐시미어
머플러를 두르고 나타났다. 여기에 내가 사 드린 보르살리노 모
자를 쓰고 있어서 무슨 조직의 보스인가 싶을 정도였다. 꽤 근사

했기 때문에 "와~ 전혀 무일푼으로 안 보여!"라고 찬사를 보냈다. 수입차라도 타고 다닐 듯이 번지르르한 차림새가 잘 어울리지만, 이 남자에게는 전 재산을 깡그리 말아잡수신 전과가 있다. 뭐 당신이 번 돈이고 내가 부모 밑에 있을 때 돈 때문에 고생한 적이 한 번도 없어서 이러쿵저러쿵 참견할 입장은 아니지만 '참 거하게도 까먹으셨네.' 감탄(!)스러울 때도 있었다.

가게 안쪽에서 할머니가 나오더니 "아이고야, 오늘은 빨강 블루종이 아니시네?" 하면서 아버지한테 말을 건넸다. 아버지는 어물쩍 넘어가려고 더워서 그랬다는 둥, 추워서 그랬다는 둥 대충 둘러댔다. 잠시 후 여주인 남편이 나오더니 또 블루종을 두고 똑같은 말을 했다. 지난번에는 가게에 없었던 두 사람이 빨간색 블루종에 대해 알고 있는 걸 보면 여주인이 말한 게 분명하다. 여주인은 아버지의 빨간색 블루종이 어지간히 마음에 들었던 모양이다. 하긴, 아버지는 여자들이 좋아할 만한 남자다.

꽃과 향을 손에 들고 아버지와 완만한 언덕길을 올라갔다. 새해 첫날은 대체로 날씨가 좋다. 오늘도 하늘은 구름 한 점 없이 파랗다.

"난 할머니 전문이야."

뜬금없이 아버지가 한마디 툭 던졌다. 무슨 말이냐고 물었더니 예의 그 새빨간 블루종을 입은 날, 생판 처음 보는 할머니가 "아유, 멋지시네! 나, 그 색 좋아하는데!" 하며 말을 걸어왔다고 한다. 지하철역의 긴 에스컬레이터에 막 올라탄 터라 어디로 도망도 못 가고 하염없이 계속되는 할머니의 찬사 세례를 고스란히 다 맞고 있었다고 한다.

"그 할멈이 말이야 '봐요, 내 신발 색하고 똑같잖아~' 하면서 발을 가리키길래 봤더니 아무리 봐도 갈색이더라고."

아버지가 웃었다. 말은 하지 않았지만 누가 자기한테 말 거는 게 싫어서 오늘은 회색 다운을 입은 것 같았다. 아버지의 저런 자신감은 어디서 나오는지….

장례식이 아닌 이상, 노인은 항상 밝은색 옷을 입는 것이 좋다. 비단 노인만 그런 게 아니다. 겨울에 거리를 오가는 중노년층 남자들을 보면 하나같이 칙칙한 색 옷을 입고 있어서 추레해 보인다. 지하철에서도 아저씨들이 다시마색 스웨터에 유부처럼 보이는 펑퍼짐한 코트를 입고 있어서 마치 푹 졸인 어묵 같다.

아버지와 나는 따로 살고 있다. 어머니가 돌아가시고 나서 두 번 정도 같이 살아 볼까 시도를 해 봤지만 서로 맞지 않아서 결국 포기했다.

어렸을 적 기억이다. 아버지는 운전하다가 뒤에 바짝 쫓아오는 차가 있으면 창문을 열고 고래고래 소리를 지르곤 했다. 그런 성격이 지금은 꽤나 둥글둥글해져서 이젠 남의 이야기를 들을 줄도 안다.

세 살 버릇 여든까지라고 하는데 솔직히 일흔 정도까지가 아닐까 싶다. 아버지를 보고 있으면 그런 생각이 든다. 고희를 넘기자 좋든 싫든 '늙음'이라는 쓰나미가 끊임없이 밀려와 아버지의 뾰족한 부분을 깎아 냈다. 그렇다고 해도 화강암이 말랑말랑해질 리는 없으니 괜히 잘못 건드렸다가는 큰코다칠 수도 있다.

"마하반야바라밀다, 마하반야바라밀다."

아버지는 묘석을 향해 합장하더니 가락을 붙여 『반야심경』을 외기 시작했다. 어머니가 돌아가시고 나서 최소 십 년은 매일 아침 불단 앞에서 합장하고 경을 외고 있는데도 아버지는 '마하반야바라밀다'밖에 못 한다. 참 한심하다 싶다가도 단 한 번도 염불을 외지 않은, 아니 할 생각도 없는 나보다는 덕이 높은 것이라고, 그렇게 생각하기로 했다.

그렇게 어설프게 『반야심경』을 외고 나면 "미치코 님, 신이치로 님, 치카코 누님, 조상님, 항상 지켜 주셔서 감사합니다. 딸아이도 저도 건강하게 잘 지내고 있습니다."라고 무덤에 들어가 있는 사람들에게 인사도 하고 요즘은 어떻게 지내는지 근황 비슷한 이야기도 한다. 그것이 아버지의 의식이다.

미치코는 엄마 이름이고 신이치로는 아버지의 아버지, 그러니까 할아버지다. 아버지는 삼 형제 중 막내로 위로 형님만 둘 있다. 치카코 누님이 누구인지는 모른다. 아마 일찍 죽은 누나가 아닐까 싶은데 확실하지는 않다. 큰아버지들이 치카코 누님에 대해 얘기하는 것을 들은 적도 없다.

내가 아버지 이야기를 쓰려고 마음먹은 데는 이유가 있다. 아버지에 대해 아무것도 모르기 때문이다. 함께 지낸 세월 동안 일어난 일은 알고 있지만, 부녀로 살아온 사십몇 년간 눈으로 보고 피부로 느낀 것 말고는 치카코 누님이 누구인지 모르듯 전혀 모른다. 내 인생 중 가장 오래 알고 지낸 사람인데도 나는 아버지에 대해 무지하다.

어머니는 내가 스물네 살 때 예순넷의 나이로 돌아가셨다. 밝고 총명하고 유머 넘치는 멋진 분이셨지만 나는 '어머니'로서의 어머니밖에 모른다. 당신에게는 아내로서의 얼굴도 있었을 것이고 여자로서의 인생도 있었을 텐데 말이다. 어머니에게 당신의 인생에 대해 직접 듣지 못한 것이 너무나 안타까워서 아버지만큼은 같은 후회를 반복하고 싶지 않다.

내가 우리 집 묘 앞에서 합장하며 어머니에게 요즘 있었던 이야기를 하고 있는데 아버지가 무토 씨네 묘에도 물을 뿌리라고 한다. 무토 씨는 건너편 묘의 주인이다. 찾아오는 이가 거의 없는 것 같아서 언제부터인가 무토 씨네 묘에도 물을 뿌리며 "평소에 신세 많이 지고 있습니다." 인사를 한다. 사실 난 무토 씨네 묘에 물을 뿌릴 때마다 미안함과 찜찜함을 동시에 느낀다.

십 년 전쯤의 일이다. 복권을 산 아버지가 큰돈은 아니지만 꽤 짭짤한 금액에 당첨된 적이 있었다. 아버지는 성묘 때 무토 씨네 묘에도 물을 뿌린 덕분이라고, 이게 고마웠던 무토 씨가 선물로 준 거라며 기뻐했다. 그 후 한동안 아버지는 당신이 직접 무토 씨네 묘에 물을 잔뜩 뿌리거나 말을 걸거나 했다.

아버지에게는 이미 지난 일이 되어 까맣게 잊어버린 듯했지만 나는 잊지 못하고 있다. 말도 안 되는 미신이라고 치부하면서도 혹시나 또 당첨되지 않을까 하는 불순한 의도가 슬쩍 양념이 된 마음으로 정성껏 물을 뿌린다.

성묘를 끝낸 후 아버지와 나는 중저가 패밀리 레스토랑인 로열 호스트에 간다. 최고급 호텔 오쿠라를 애용하던 예전의 아버지는 "패밀리 레스토랑 따위는 맛을 모르는 멍청이들이나 가는 곳이야."라고 밉살스럽게 말했지만, 거하게 말아잡수시고 빈털터리가 된 이후에는 얼굴을 싹 바꿔서 "로열 호스트를 하찮게 취급하는 놈은 맛을 제대로 모르는 거야."라며 대놓고 한 입으로 두말한다.

　아버지는 연세에 비해서는 잘 드시는 편이다. 이날도 파스타가 곁들여진 비프스튜를 싹싹 긁어 드셨다. 지난번에는 햄버그스테이크를 먹은 후에 프렌치토스트까지 시켰다.

　프렌치토스트는 아버지가 제일 좋아하는 음식이다. 나는 이 프렌치토스트를 마주할 때마다 어머니가 떠오른다. 아침에 아버지와 내게 주려고 전날 저녁부터 준비를 하곤 했는데, 바닐라에센스를 몇 방울 떨어뜨린 달걀에 설탕, 우유를 넣고 젓던 어머니 모습이 아련하다.

　아버지는 커피를 마시지 않는다. 로열밀크티를 좋아한다. 로열 호스트의 드링크 바에는 당연히 로열밀크티 같은 건 없다. 따뜻한 우유도 없다. 아버지가 작은 플라스틱 용기에 든 시판 식물성 커피 프림을 싫어해서 난 늘 커피잔을 양손에 하나씩 들고 아

버지를 위한 특제 로열밀크티 만들기에 도전한다.

먼저 왼손에 든 커피잔을 커피 머신에 올리고 라테마키아토 버튼을 누른다. 첫 몇 초만 따뜻한 우유가 나오기 때문에 긴장과 집중을 요하는 작업이다. 푸쿡푸쿡 소리가 나면 에스프레소가 나올 차례이므로 타이밍을 잘 맞춰서 재빨리 왼손을 빼고 오른손에 든 커피잔에 에스프레소를 받는다. 따뜻한 우유만 들어 있는 왼쪽 잔에 얼그레이 티백을 넣고 뜨거운 물을 약간만 추가한다. 그러면 로열밀크티 완성이다. 나는 에스프레소만 들어 있는 오른쪽 잔을 다시 커피 머신에 놓고 한 번 더 라테마키아토 버튼을 누른다. 이렇게 만든, 쓴맛이 업그레이드된 더블 숏 라테마키아토는 내 몫이다.

아버지는 이렇게 만들어 달라고 한 적이 없다. 내가 고도의 테크닉을 발휘해서 로열밀크티를 만들고 있는 사실조차 아버지는 모른다.

'왜 그렇게까지 하는 건데?' 제삼자는 도저히 이해할 수 없는 행동을 하는 건, 어쩌면 내가 여자이기 때문일지도 모른다. 아버지는 여자가 자발적으로 '이 남자에게 뭔가 해 주고 싶다'고, 그런 마음이 생기게 만드는 능력이 이상할 정도로 발달해 있다. 같은 피가 흐르는 딸인 나조차 이 남자의 응석을 무조건 받아 주고 싶을 때가 있는데 남들은 오죽하겠나.

그래서 나는 마음 단속을 잘해야 한다. 그러지 않으면 남은 삶 동안 아버지에게는 달짝지근한 밀크를 계속 퍼 주고 나는 쓰디쓴 액체만 홀짝거리게 될 테니까….

미워할 수 없는 남자

아버지가 이사를 했다.

이사하기 전, 아버지는 어머니와 함께 살던 고이시카와_{도쿄 중심}에 있는 동네 집을 나와 그보다 북쪽에 위치한 가나메초라는 동네에서 오 년 정도 살았다. 아버지는 가나메초 집을 마음에 들어 했지만 이런저런 사정이 생겨 새집을 구하게 되었다. 아버지의 새 거주지는 도쿄 도심의 23구 안에 있긴 하지만 일반적인 도심 이미지와는 거리가 먼 주택가 아파트 단지다.

꽤 이전부터 "혹시 이사를 하고 싶으면 몇 달 전에 말해 줘."라고 아버지한테 단단히 일렀다. 이사 비용 등을 내가 내야 할 것 같은 생각이 들었기 때문이다.

돈을 보태는 건 싫지 않다. 고생의 '고' 자도 모르고 자란 나로서는 고이 키워 준 은혜를 살아 계신 동안 갚고 싶다. 이런 마음은 어머니가 돌아가신 후 더 절실해졌다.

나는 결혼도 하지 않았고 아이도 없다. 아버지한테 결혼하라는 잔소리를 들은 적도 없고 지금까지 살아온 인생에서 눈곱만큼의 후회도 없다. 그래도 귀여운 손주 얼굴을 아버지에게 보여 드리지 못하는 것이 마음에 걸리곤 한다. 이런 미안함을 돈으로 해결할 수는 없겠지만 아무것도 안 하는 것보다는 낫다.

몇 개월 전부터 아버지는 '이사 계획 중'이라는 냄새를 폴폴 풍기고 있었다. 그러던 어느 날 전화가 왔다. 내가 일하는 곳 근처까지 왔으니까 좀 보잔다. 아버지의 방문은 가뭄에 콩 나는 정도로 드문 일이라 드디어 올 게 왔구나 싶어 친구와 같이 나갔다. 제삼자가 있으면 아버지도 나도 흥분을 가라앉히며 이야기할 수 있고, 마침 또 이 친구가 부동산 빠꼼이다.

은행 앞에서 만나 찻집으로 들어갔다. 아버지는 로열밀크티를 주문했다. 나는 아버지 옆에 보란 듯이 놓여 있는 부동산 로고가 박힌 쇼핑백 속이 궁금해 견딜 수가 없었다. 아버지는 아무 말도 하지 않고 모른 척하고 앉아 있다. 이런 밀당의 고수 같으니!

결국 참을성이 바닥난 나는 "그거 뭐야?" 하고 물었다. 아버지는 싱긋 웃으며 쇼핑백에서 부동산 자료를 꺼냈다. 벌써 이사할 곳을 정한 것 같았다. 어째 의논 한마디 없이 정해 버렸을까. 나는 떨떠름한 표정을 지으며 자료를 슥 훑어봤다.

"녹지가 많은 곳이야. 가을엔 단풍이 아주 끝내준대. 사진도 찍어 왔는데, 볼래?"

아버지가 가방에서 디지털카메라를 꺼냈다. 아니, 이건 또 언제 사신 거지?

아버지는 카메라를 친구에게 건넸다. 친구가 익숙한 손놀림으로 사진을 열었다. 빨강과 노랑으로 물든 가로수 풍경이 정말 아름답기는 했다.

집은 어땠냐고 묻자 그것도 찍어 왔다고 했다. 난 버튼을 눌러 사진을 열었다가 공포 영화 「블레어 위치」인 줄 알았다. 벽장, 문 등이 마구 흔들린 채 찍혀 있었다. 친구와 나는 사진을 보다가 그만 웃음보가 터져 버렸다. 지금 생각해 보면 아버지는 우리들의 웃음과 자신이 원하는 것을 맞바꾼 셈이다.

나는 아버지가 내민 부동산 자료를 보다가 눈을 의심할 뻔했다. 아버지가 얻으려는 집은 60제곱미터, 그러니까 18평이 넘었다. 짐이 많은 남자긴 하지만 이건 너무 넓다. 도면을 보니 방 두 개에 거실과 다이닝키친까지 있다.

"그런데 얼마야?"

나는 가슴이 벌렁거리는 걸 겨우 진정시키며 물었다.

아버지가 집세를 말했다. 미안하다거나 주눅이 들었다거나 하는 기색은 전혀 없었다. 시치미 뚝 떼고 말한 금액은 당신이 매달 받는 연금보다 만 엔 정도 많았다. 나는 금액을 듣는 순간 웃을 수밖에 없었다. 친구도 같이 웃었는지 어땠는지는 기억조차 없다.

늘 날 부르던 아버지가 왜 일부러 먼 길을 납셨는지 충분히 이해가 됐다. 아버지는 모른 척하며 계속 말했다. '수입이 없는 사람은 일 년 치 월세를 미리 내야 한다, 찜해 놓고 왔으니까 얼른 입금해야 한다.' 어쩌고저쩌고….

"담당 여직원이 나한테 잘해 주더라고. 나보다 먼저 온 고객이 관심을 보였는데 그냥 나한테 돌린다고 그랬어."

아버지의 말이 진실인지 아닌지 나는 알 수 없다. 한 가지 분명한 것은 아버지는 그 집이 마음에 들었고 그래서 돈이 필요하다는 사실이다.

"알았어."

나는 흔쾌히 대답했다. 옆에 앉아 있던 친구가 깜짝 놀라 "야, 너 제정신이야?!" 소리쳤다.

뭐, 괜찮다. 작년에 나는 운이 좋아서 좀 많이 벌었고 또 저축도 있으니까. 무엇보다 나이 든 아버지를 모른 척할 순 없으니까. 게다가 아버지가 당신 마음에 들지 않는 집에서 사는 걸 보는 것도 마뜩잖다. 다양한 측면에서 아버지의 프레젠테이션은 흥미로웠다. 하지만 내가 조건 없이 돈을 내는 건 아니다. 나도 꿍꿍이가 있다.

"그 대신 아버지 이야기를 쓰게 해 줘."

돈이 걸려 있으니 아버지도 거절하지 못할 것이다.

"좋아."

아버지도 흔쾌히 대답했다.

이케부쿠로_{도쿄 북쪽에 위치한 번화가}에서 삼십 분 정도 전철을 타고 아버지가 이사한 동네로 갔다. 약속한 역 출구에서 기다리고 있자니 잠시 후 아버지가 나타났다.

아버지가 운전을 그만둔 지는 꽤 됐지만 아버지가 걸어 다니는 모습은 여전히 낯설다. 일흔일곱의 나이에 비해 건강해 보일 때도 있고 자기 연배로 보일 때도 있는데 오늘은 후자다.

아버지를 따라 걸은 지 오 분도 채 되지 않아 다카시마다이라 지역의 거대한 아파트 군단을 방불케 하는 대규모 단지가 모습을 드러냈다. 어디를 둘러봐도 아파트, 아파트, 아파트다. 수백 명이 살 법한 건물이 적어도 오십 동은 되어 보였다. 고이시카와

와는 전혀 다른 풍경에 나는 순간 주춤했다.

학교, 병원, 우체국, 공원, 마트 등 주변 편의 시설이 잘되어 있는 이 대규모 단지는 지어진 지 삼십 년 하고도 조금 더 되었다고 한다. 단지 일 층에 있는 슈퍼에서는 노부인이 채소를 고르고 있었다. 아마 막 지어졌을 때는 젊은 가족들이 많아 활기가 넘치고 아이들로 시끌벅적했을 것이다.

단지에 들어선 지 꽤 됐는데도 여전히 걷고 있다. 아버지도 아직 따끈따끈한 신참 주민이라 헷갈리는지 오른쪽으로 갔다 다시 왼쪽으로 갔다 빙빙 돌아간다. 마치 온라인 게임에 등장하는 던전에서 길을 잃은 것 같은 느낌이랄까. 그래도 나는 아버지의 뒤를 열심히 쫓아갔다.

"다 왔다."

아버지는 엘리베이터 앞에 도착하자 그제야 뒤따라오는 날 돌아봤다. 과연 나는 무사히 이곳을 빠져나갈 수 있을까. 집으로 돌아가는 길이 벌써부터 걱정되기 시작했다.

칠 층에서 내려 긴 복도를 걸어가는데 모퉁이에서 중국어가 들려왔다. 어린아이 둘과 나보다 한참 어려 보이는 엄마가 총총걸음으로 지나갔다.

가볍게 목 인사를 하고 다시 긴 복도 쪽을 쳐다봤다. 문 몇 개 너머로 아버지 집이 보였다. 고이시카와 집에 있던 오키나와 사자상이 문 앞에 놓여 있어서 금방 찾을 수 있었다.

한 손으로 꼽아도 손가락이 남을 정도로 거의 가지 않았던 가족 여행을 오키나와로 갔었다. 삼십 년도 더 된 일이다. 어린 나는 푸른 바다나 뜨거운 태양보다 전쟁 위령비인 히메유리탑에 더 관심이 많았고 뱀과 몽구스의 결투도 보고 사탕수수 줄기를 빨아 먹기도 했다. 또 바닥이 유리로 된 배를 타고 화려한 열대어도 구경했다. 그때 뱃사람이 나눠 준 먹이를 바다에 뿌리자 물고기가 우르르 모여드는 걸 보며 신기해했는데.

그때 있었던 일도 생각난다. 엄마 옆에 앉아 있던 할머니가 실수로 물고기 먹이를 입에 넣었다. "할머니! 그거 먹는 거 아녜요! 물고기 먹이야! 어떡해!" 하며 할머니의 가족이 짜증 섞인 목소리로 외쳤고, 나는 그 순간 쓸쓸한 기분이 들었던 기억이 난다.

그때, 아버지는 같은 배에 타고 있었던가?

문을 열고 들어가자 집 안은 발 디딜 틈이 없을 만큼 짐으로 가득했다. 안 쓰는 건 버리고 나서 이사하라고 그렇게 귀에 딱지가 앉을 정도로 얘기했건만 도대체 사람 말을 어디로 듣는 건지.

우산만 해도 열 개가 넘었다. 큰 우산꽂이에 삐죽삐죽 넘치도록 꽂혀 있는 우산이 마치 식물 같아 사진을 찍어 친구에게 보냈다. 거실로 들어가자 다이슨 선풍기가 두 대나 있었다. 그것도 찍어서 보냈다.

나는 아버지의 이사를 돕지 않았다. 내가 생각해도 참 정나미 떨어지는 딸이다. '이사를 도우면 틀림없이 싸울 게 뻔하니까. 그게 싫어서….'라는 게 겉으로 내세운 이유지만 진짜 속내는 다르다. 어쩐지 고이시카와 집을 떠나 이사하던 장면이 떠올라 아버지가 또 패배하듯 이사하는 모습을 보고 싶지 않았다.

이삿짐을 보자 고이시카와 집에서 나와야만 했던 그때 일이 떠올라 가슴이 답답해졌다. 아마 아버지도 그럴 것이다.

짐으로 가득 찬 거실에서 겨우 소파를 찾아 앉았다. 아버지는 흐뭇한 표정을 지으며 베란다 너머를 내다보고 있었다.

"얼마 전에 찌르레기가 여기 왔었어."

아버지는 새를 좋아한다. 거리를 걷고 있을 때도 가지에 앉은 새를 손가락으로 가리키며 "박새다!" "직박구리가 우네!" 하면서 아이처럼 신나 한다. 특히 산비둘기를 무척 좋아한다. 아니 사랑한다.

내가 고등학생이었을 때 아버지가 산비둘기 새끼를 주워 온 적이 있었다. 국회 의사당 옆에 떨어져 있었다고 하는데, 새끼는 아직 솜털이 다 빠지지 않아 마치 키위새처럼 보였다.

그때 집에 개가 있었기 때문에 새는 못 키운다고 어머니가 아버지를 달래고 얼렀지만 아버지는 질기게 고집을 부리며 버텼

24

다. 그러더니 다섯 평 남짓 되는 손님방을 산비둘기 방으로 개조한다고 선언했다. 산비둘기가 아버지의 손님이란다. 결국 어머니가 양보했다. 아버지는 산비둘기에게 '피코'라는 이름을 붙여주었다.

어머니는 머리 위를 날아다니는 산비둘기를 무서워했지만 날마다 방바닥에 신문지를 빈틈없이 깔고 매일 아침 똥을 치웠다. 그런 어머니를 나도 몇 번인가 도왔다. 손님방의 문을 열 때마다 개가 시끄럽게 짖었지만 산비둘기는 아랑곳하지 않고 방 한가운데에 달린 전등갓에 앉아 시치미를 떼고 있었다.

솜털이 모두 빠지고 아름다운 깃털을 걸치게 되었을 때 아버지는 창문을 활짝 열어 산비둘기가 밖으로 날아갈 수 있게 했다. 언제인지 정확히는 기억이 나지 않지만 어느 날 산비둘기는 날아가 버렸고 어머니는 그제야 안도의 한숨을 쉬었다.

얼마나 지났을까. 혼자 떠났던 산비둘기가 짝을 지어 다시 우리 집을 찾아왔다. 아버지는 매우 반가워하며 그 후 십몇 년 동안 산비둘기가 베란다에 오면 '피코야, 피코야' 부르며 신이 나서 먹이를 주곤 했다. 그러면 나는 "원래 오던 녀석은 이미 죽었을 거야. 지금 오는 건 아들이나 손자일걸?" 하며 놀리곤 했다.

그런데 얼마 전에 알아보니 이십 년 가까이 사는 산비둘기도 있다고 한다. 베란다로 찾아오던 산비둘기는 피코였을까?

아버지는 산비둘기는 너무도 사랑했지만 집비둘기는 끔찍이도 싫어했다. 집비둘기는 덩치가 크고 거만하다. 산비둘기가 먹이를 먹고 있으면 어디선가 날아와서 귀여운 산비둘기를 쫓아 버리고 먹이를 가로챘다.

아버지는 그런 집비둘기를 진심으로 용서할 수 없었던 것 같다. 어느 날 거대한 미국제 물대포를 사 와서 집비둘기가 나타나면 쏴 버리겠다고 선전 포고를 했다. '동물을 너무 사랑한 나머지 동물 학대를 자행하겠다는 것인가?' 뭐 그런 생각까지 들었다.

집비둘기가 나타나면 바로 발포할 수 있게 항상 물대포에 물을 꽉꽉 채우고 만반의 준비를 해 두었다. 집비둘기는 거의 매일 나타났고 아버지는 그때마다 람보처럼 물대포를 마구 쏘아 댔다. 하지만 내가 아는 한 아버지가 집비둘기를 정확하게 맞힌 적은 단 한 번도 없다. 집비둘기는 아버지가 나타나면 후다닥 날아가서는 베란다에서 몇 미터 떨어진 전깃줄에 앉아 이쪽의 난리법석을 가소롭다는 듯 쳐다봤다. 그런 집비둘기 태도에 더욱 울화가 치민 아버지는 마구 물대포를 쏴 댔지만 집비둘기의 발톱 끝도 맞히지 못했다.

고이시카와에서 있었던 일을 떠올리자 왠지 감상에 젖고 말았다. '새집 집세를 일 년 치 먼저 내긴 했는데 내년에는 어떻게 하지?' 불안감이 불쑥 고개를 내밀었다. 집세야 어떻든 아버지가 오래오래 살았으면 좋겠다. 그러려면 돈이 필요하다.

"나, 요즘 트럼프를 보며 용기를 얻고 있어."

이런 내 불안을 아는지 모르는지 미국 대통령 선거 뉴스를 보면서 아버지가 말했다. 우울함이나 뭐 그런 감정은 조금도 찾아볼 수 없었다.

"저 사람, 네 번이나 파산했는데도 매번 재기했어. 엄청나지 않냐?"

트럼프의 정치 능력이나 문제 발언에는 별로 관심이 없는 듯했다. 잃어버린 특권과 숨 막히는 상황에 불만을 가진 미국의 특정 계층은 트럼프의 그런 점을 지지하는지도 모른다.

"트럼프에겐 미워할 수 없는 뭔가가 있어. 사업이든 뭐든 포기하지 않고 적극적으로 밀어붙이는 게 중요하지. 하지만 그것만으론 안 돼. 사람을 웃게 만드는 사랑스러운 구석이 있어야지. 그런 매력이 있는 사람은 꿈을 보여 주거든. 사람들에게 꿈을 갖게

해. 그런 사람은 몇 번이고 다시 일어설 수 있어."

아버지의 말에 나는 고개를 크게 끄덕였다. 구구절절 맞는 말이다. 아버지에게 거울을 보여 주고 싶어졌다. 이렇게 사랑스러운 할아버지는 흔치 않다.

그래, 센티멘털해진다고 해결되는 것도 아니고 어떻게든 되겠지. 그래, 어떻게든 될 거야.

결핵남과 다윗의 별

아버지한테서 휴대폰 메일이 왔다. "아버지의 에피소드를 하나 말해 주지."라고 시작하는 메일인데 제목이 너무 길다. 정작 본문에는 단 한 글자도 없는 이 신통방통한 메일 스타일은 아버지 오리지널이다. 늘 이런 식으로 메일을 보내니 제목 글자 수 제한에 걸려 통 수만 많고 내용은 별로 없다. 이날도 한 통으로 충분한 내용을 세 통이나 보내왔다.

아버지의 에피소드는 처음부터 끝까지 어머니 이야기로 가득했다. '드라이브 중에 아버지가 싸움에 말려들어도 정작 싸움을 하는 건 어머니였다, 금방 욱하는 아버지가 상대방을 한 대 치는 일이라도 벌어지면 안 되기 때문에 어머니가 나름 짜낸 지혜였다.' 뭐 그런 내용이었다.

그러고 보니 어릴 때 비슷한 상황을 직접 목격한 적이 있다. 어느 날 방 창문을 열고 멍하게 밖을 내다보고 있었다. 내 방 바로 아래가 차고였는데 차고 앞에 차를 세우고 가는 사람이 어쩌다 한 번씩 있었다. 그러면 차를 뺄 수 없다면서 아버지가 씩씩거렸다.

그날도 아버지가 큰 소리를 내는 걸로 봐서는 꽤 화가 나 있는 것 같았다. 이미 경찰에도 신고를 했을 법한 상황이었다. 아버지는 화가 나면 바로 전화를 해 대는 남자다. 언젠가는 야구 중계를 보다가 해설이 두서없어서 당최 무슨 말인지 모르겠다며 방송국에 항의 전화를 한 적도 있었다. 그때 해설을 했던 사람은 나가시마 시게오 씨였다. 아니, 일본 야구계의 전설에게 그런 막말을? 아버지는 그런 사람이었다.

현관문이 쾅 하고 세게 닫혔다. 창문에서 몸을 쑥 내밀고 아래를 내려다봤다. 아버지가 밖으로 나가는 것이 보였다. 내 방에서는 아버지의 머리밖에 보이지 않았지만 아버지는 마치 늑대처럼 킁킁 냄새라도 맡는 듯 차고 앞에 있는 차 주위를 뱅뱅 돌고 있었다. 정수리 뚜껑이 열려 머리에서 김이 모락모락 솟아오르는 것 같았다.

잠시 후 차 주인이 나타났다. 아버지가 소리를 지르겠다 싶어 잔뜩 긴장하며 관전하고 있는데 갑자기 어머니가 나타나서는 차 주인을 향해 아주 센 어조로 따발총처럼 퍼붓기 시작했다. 차가 가로막고 있어서 병원도 못 가고 있다며 거짓말과 연기를 멋들어지게 했다. 아버지가 오늘은 온종일 가족과 함께 쉴 거라고 했는데 말이다.

어머니가 당당하게 거짓말을 하는 모습을 처음 목격해 버렸다. 너무나 엉뚱하고 얼토당토않은 거짓말이라 재미있다기보다 '저래도 되나, 엄마 머리가 어떻게 됐나.' 이런 두려움이 앞섰다.

기세 좋게 따따부따 퍼붓는 어머니를 보고 있던 아버지는 그새 자신의 분노는 잊어버리고 어머니를 말리기 시작했다. 그러나 어머니 연기는 점점 물이 올랐고 열정적으로 거짓말을 했다. "여보! 말 좀 해. 차를 못 빼서 엄청 곤란했잖아!" 아버지한테 호소하듯 동의를 구했다. 평소에 어머니는 아버지를 '여보'라고 부르지 않는다. 틀림없는 연기였다.

어머니가 연기에 취해 분위기를 휘어잡는 것을 보고 작전 성공이구나 싶었다. 어머니를 달래는 아버지와, 계획대로 잘 풀리고 있다고 신이 나서 온몸으로 열연하며 거짓말을 계속 쏟아 내는 어머니를 보며 '아버지보다 어머니가 한 수 위군.' 싶었다. 특

등석에서 좋은 콩트를 관람한 그날, 아주 만족스러웠다.

그렇게 걸핏하면 화를 잘 내던 아버지가 지금은 다른 사람이
된 듯 온화하다. 2016년 3월 26일로 일흔여덟이 된 아버지는 젊
었을 때 큰병을 앓았기 때문에 서른다섯 살까지 살면 많이 산 거
라고, 젊어서 죽을 수도 있다고 어느 정도 각오하고 있었다고 한
다.

올해는 제대로 축하해 주자고 마음먹고 생일 점심에 아버지를
모셨다. 밥은 어릴 적에 아버지, 어머니와 함께 자주 가던 아카사
카의 로가이로 반점에서 먹기로 했다. 나로서는 이십여 년 만에
다시 찾아가는 길이었다.

이날도 변함없이 나는 지각했다. 가게가 이전하는 바람에 길
을 헤맸기 때문이다. 아버지는 벌써 도착해 세 가지 냉채를 모둠
식으로 낸 중국 요리를 맛보고 있었다.

"샤스핀국수도 2인분 주문했어."

아버지는 늦었다고 뭐라고 하지 않고 덤덤하게 말했다. 가벼
운 밀가루 알레르기가 있다고 몇 번이나 말했는데 또 잊어버린
모양이었다. 난 샤스핀찜으로 주문을 바꾸고 추가로 볶음밥도
시켰다. 오랜만에 먹는 샤스핀이다.

아버지는 젊었을 때 결핵을 앓았다. 1956년인지 1957년인지 그

즈음 흉곽 성형술을 하고 늑골 네 개와 폐 일부를 절제했다. 당시로서는 상당히 큰 수술이었다고 한다.

그때 아버지는 채 스무 살도 되지 않았을 때였다. 장거리 경주를 하는데 갑자기 가슴에 통증이 느껴졌고, 가래를 뱉었더니 피가 섞여 있었다고 한다. 병원에 가서 진찰을 받은 결과 결핵이었다.

아버지는 유대인이 경영하는 무역 회사에서 우편배달 아르바이트를 하고 있었다. 저녁이 되면 혼자서는 감당할 수 없을 정도로 쌓여 있는 등기 우편과 서류, 짐 등을 중앙 우체국까지 가져가는 일이었다. 우체국에 도착해서 길게 늘어선 줄에 서서 대기하고 우편물에 하나하나 우표를 붙였다. 마지막에는 전보를 쳤다. 귀찮은 작업이라 누구도 하고 싶어 하지 않았다고 한다.

"나, 꽤 성실했어. 아니다, 그것보다 눈에 들려고 했지."

아버지의 진심이 전해졌는지, 결핵 치료에는 돈이 많이 들 거라며 유대인 사장이 아버지를 사원으로 채용했다. 그 덕분에 아버지는 의료비의 10퍼센트만 부담하면 되는 건강 보험증을 받아 결핵 치료에 전념할 수 있었다.

처음 입원한 곳은 도쿄 중심에 있는 니혼 의과 대학 부속 병원이었다. 여섯 명이 같이 사용하는 다인실로 다른 환자들은 모두 어른이었는데, 남자 어른들 사이에 있었던 탓인지 꽤나 음흉하고 야릇한 지식이 풍부해졌다고 한다. 게다가 병원 간병인과 사귀는 남자 환자랑 함께 그녀가 옷 갈아입는 것을 훔쳐보기도 했다고 한다.

정확하게 말하면 사귀는 남자 환자가 시키는 대로 창가에서 옷을 갈아입은 여자 간병인과 그 모습을 병실에서 훔쳐보는 남자의 파렴치한 행각에 묻어갔을 뿐이지만, 이유야 어쨌든 소름 끼치는 얘기다. 결핵에 걸린 남자의 고생이니 뭐니 그런 건 발톱의 때만큼도 느껴지지 않았다.

"나는 '미스 니혼 의대'라고 불리던 나가노 출신 여학생과 사귀고 있었지. 미인이었어. 이름이…, 뭐더라…. 생각이 안 나네."

아버지는 젓가락을 잠시 멈추고 추억에 잠겼다. 그런 얘긴 그만하고 투병 생활 이야기나 해 달라고요.

그 후 아버지는 도쿄를 떠나 사이타마현에 있는 병원으로 옮겼다. 수술 때문이다. 니혼 의대 병원에서 불량스럽고 몹쓸 짓만 했기 때문에 나을 병도 낫지 못한 게 아니었을까 하는 생각이 들기도 했다. 여기서 총 세 번 수술을 했다고 한다.

이 부분부터 아버지의 이야기가 요상해졌다. 미스 니혼 의대가 사이타마현에 있는 병원으로 찾아와서 무척 난처했다고 하는데, 이유가 뭐냐고 물으니 그 무렵에 딴 여자와 사귀기 시작했기 때문이란다. 아버지의 화려한 여성 편력은 그때부터 슬슬 발동이 걸리기 시작한 게 아니었을까. 괜히 기분이 씁쓸해졌다.

병원으로 찾아왔던 여자는 1948년에 일어난 데이긴 사건帝銀事
件, 1948년 1월 26일에 도쿄도 데이코쿠 은행에 나타난 남자가 은행원들을 속이고 12명
을 독살한 후 현금과 수표 등을 강탈한 은행 강도 살인 사건의 피해자 딸이었다고
한다. 그런 이유 때문에 주변 어른들의 반대가 너무 심해 둘의 관
계는 오래 못 갔다고 한다. "편지를 몇 통이나 받았는데….". 하며
아버지는 미안한 듯, 아쉬운 듯 묘한 표정을 지었다.

샥스핀국수를 깔끔하게 다 비우고 내 볶음밥에까지 손을 뻗치
면서 아버지의 추억담은 꽃을 피운다. "산에서 잡아 온 구렁이
입을 반창고로 둘둘 말아서 여자 환자 이불 속에 넣었다.", "길고
양이 목에 빈 깡통을 줄줄이 엮어서 한밤중에 병원 복도를 뛰어
다니게 했다." 뭐 이딴 식의 엽기적인 이야기들이었다. 한마디로
여자들이 비명을 지를 법한 장난질만 쳤다는 말이다.

쨍강쨍강 소란스러운 소리를 내면서 심야의 병원 복도를 마구
돌아다니는 고양이를 상상하다가 나는 그만 뿜고 말았다. 그딴
짓만 하고 있었으니 몇 번이나 강제 퇴원을 당해도 싸다. 예전 이
야기를 하면서 아버지는 아이처럼 키득거렸다.

아버지 몸에는 왼쪽 목덜미에서 옆구리에 이르는 큰 상처가
있다. 데즈카 오사무의 만화 『블랙 잭』 주인공 얼굴처럼 꿰맨 자
국이 선명하다. 어릴 적에 "아빠, 상처 그거 뭐야?" 하고 물은 적

이 있었는데 그때 아버지는 진지하게 "사무라이가 뒤에서 공격했어."라고 했다. 나는 한참 동안이나 그 말을 철석같이 믿었다.

질 나쁘고 발칙한 장난질을 계속 치고 있었다고 해도 큰 상처가 남을 정도로 대수술을 한 것만은 틀림없다. 폐 일부를 절제했기 때문에 회복하는 데 시간도 오래 걸렸고 수술 후에도 생활에 지장이나 불편함이 있었을 것이다.

"있잖아, 늑골 네 개랑 폐 일부까지 절제했으면 장애인 수첩을 받을 수 있는 거 아닌가?"

나는 볶음밥을 그릇에 덜면서 물었다.

"한 개가 부족해. 뼈를 하나만 더 잘랐으면 등급을 받을 수 있었는데."

아버지가 아깝다는 듯 "장애 등급 받으면 사업세 면세였는데…."라고 말하길래 내가 "진짜 아까워라!" 하고 큰소리로 맞장구를 쳤더니 아버지가 정색하며 "그런 말 하는 거 아니다!" 꾸짖었다. 이건 또 무슨 경우지? 당신이 먼저 시작했으면서 이래도 되는 건가?

절절한 투병담을 듣고 싶었는데 아버지는 뭘 물어도 '기승전 즐거웠다'로 끝맺음을 했다. 그래, 그랬겠지.

이후 퇴원한 아버지는 대학에 복학했지만 적응도 안 되고 해서 그냥 그만두었다고 한다. 전에 신세를 졌던 유대인 사장 회사로 돌아갔나 싶었는데, 유대교 교회 옆 수영장에서 인명 구조 요원으로 아르바이트를 했다고 한다. "뭐, 체력을 회복할 때까지만 할 생각이었지." 아무렇지도 않게 말하는데, 듣는 나로서는 어이가 없었다. 인명 구조는 원래 체력이 좋은 사람이 해야 하는 일 아닌가? 아버지가 일하던 중에 큰 사고가 일어나지 않아 다행이라고 생각한다.

몸을 추스른 아버지는 우여곡절 끝에 유대인 사장 회사에 다시 들어갔다. 술과 스타킹을 수입하는 회사라고 알고 있었는데 도중에 '암달러상이 어쨌네, 부정으로 유출한 서양 술에 관세 지급 스티커 붙이는 일을 도왔네, 어쨌네.' 하며 구린내가 나는 위험한 이야기가 슬쩍 나왔다. 하지만 나는 호기심을 진정시키고 더는 캐묻지 않았다.

"아버지는 다른 녀석에게 중요한 일을 부탁하지 않았어. 미국에 갈 때도 나한테 금고 열쇠를 맡기고 갈 정도였지."

아버지가 자랑스럽게 말했다. 아버지는 유대인 사장을 '아버지'라고 부른다. 그러면서 할아버지도 '아버지'라고 부르기 때문에 이야기를 듣다 보면 헷갈리기 십상이다.

"신세 많이 졌지, 아버지한테는."

그 말을 하면서 갑자기 표정이 어두워졌다. 아버지가 이렇게까지 침울해하는 건 좀처럼 없는 일이다.

그때 아버지가 좋아하는 디저트가 나왔다. 방금 전까지 어두웠던 표정이 활짝 피더니 기분 좋게 한 숟가락 떠서 입으로 가져갔다. 단맛에 목숨을 건 사람 같다. 내가 술을 못 마시는 것도, 달달한 먹거리를 좋아하는 것도 다 아버지 유전자 때문이다.

"아버지가 말했지."

이때는 아버지의 아버지, 즉 할아버지다.

"일을 맡으면 다른 사람에게 다 들릴 정도로 큰 목소리로 'Yes, Sir!' 이렇게 대답하라고. 그러면 주변에서 깜짝 놀랄 거 아냐? 그렇게 씩씩함을 보여 주라고 말씀하신 거야. 그렇게 해서 예쁨도 받고, 거기다 주어진 일을 제대로 하면 신용까지 얻을 수 있지."

아버지의 말을 듣는 순간 중요한 뭔가가 뇌리를 스치고 지나갔다.

노동자가 월급을 받은 만큼 일을 하지 않으면 사장은 그를 계속 고용하지 않는다. 또 일을 잘해서 승진하지 못하면 월급 역시 오르지 않는다. 도의적이다 뭐다 그런 걸 떠나 고용주가 갑이고 피고용인이 을인 건 부정할 수 없는 현실이다. 요즘 시대에 이런 말을 하면 악덕 기업에 동조하는 거냐고 공격을 하는 사람도 있겠지만, 착취를 당하는 게 아닌 한 이런 관계가 경제 논리다. 내가 몇 번이나 이직을 경험하면서 통감한 일이다. 어쩌면 나는 나도 모르는 사이에 아버지한테 물고기 잡는 법을 배웠는지도 모르겠다.

아버지가 유대인 사장의 신뢰를 얼마나 받았는지 알 수 있는 에피소드가 있다. 아버지도 어머니도 불교 신자지만 피로연은 다카기초의 유대교 교회에서 했다. 이 이야기를 유대교인들에게 말하면 거짓말 말라고 의심의 눈길을 보내지만, 사실이다. 결혼 예복을 입은 젊은 남자와 웨딩드레스를 입은 젊은 여자가 다윗의 별 앞에서 미소를 짓고 있는 사진을 내가 가지고 있으니까.

사바랭과 밀푀유

토요일 저녁, 아버지와 나는 성묘 날짜 때문에 툭탁거리고 있었다. 아버지는 내일이 일요일이니까 가자고 했지만 나는 약속이 있어서 못 갈 것 같다고 했다. 험악하지는 않아도 분위기가 싸~해졌다. 아버지는 대놓고 뭐라 하진 않았지만 말투에 뾰족한 가시가 잔뜩 돋아 있었다.

"어쩔 수 없잖아. 나 바빠. 그건 그렇고."

나는 그런 아버지의 기분을 모른 척하고 화제를 돌렸다.

지난 십 년 동안 나는 늘 바빴다. 솔직히 말하면 어머니를 만나러 가는 성묘는 서서히 우선순위 상위에서 하위로 떨어지고 있었다.

아버지와 같이 살았을 때는 일주일에 한 번, 혼자 살면서는 점점 횟수가 줄어 지금은 한 달에 한 번, 어떨 때는 두 달 동안 못 갈 때도 있다. 속으로는 늘 마음에 걸렸지만 해야 할 일 리스트에서 성묘는 늘 저 뒤에 두게 된다. 예전에 "행동을 안 하면 생각하고 있지 않은 것이나 다름없다."라고 아버지를 몰아붙인 적이 있는 딸로서는 이보다 찜찜한 건 없다.

일요일, 약속이 취소됐다. 그래서 바로 아버지에게 성묘 가자고 연락했지만 이번엔 아버지가 약속이 생겼단다. "어쩔 수 없네. 다음에 가자." 하고 전화를 끊었다. 창문 너머 날씨가 너무 좋다. 성묘하기에 딱 좋은 날이다.

전화를 끊고 나서 오늘이 '어머니날매년 5월 두 번째 일요일. 어머니에 대한 감사의 마음을 표하는 날'인 걸 알았다. 애초에 다른 약속을 잡지 않았더라면 좋았을걸. 진심으로 나 자신에게 실망했다. 약속도 취소됐고 딱히 할 일도 없다.

그렇다면 혼자서라도 가면 되지 않을까 싶지만 성묘는 아버지와 함께 가는 것이 암묵적인 약속이었다. 따로따로 간 적도 있긴 했지만 그건 싸웠을 때거나, 내가 너무 바빠서 아버지가 그냥 혼자 갔을 때였다. 그렇게 각자 따로 갔을 때는 왠지 어머니 묘 앞에서 결석 재판을 하는 것 같은 기분이 들기도 했다. 그 자리에 없는 사람을 비난하거나 불리한 내용을 재판에 참석한 사람 마음대로 옮기기라도 하는 것처럼….

아마 아버지도 그랬을 것이다.

"성묘 가자."

거실에 앉아 창밖 너머 파란 하늘을 보고 있는데 등 뒤에서 목소리가 들렸다. 드문 일이다. 아니, 드문 정도가 아니라 처음이 아닐까 싶다. 이번 기회를 놓치면 언제 또 찾아올지 모른다. 그것보다 그렇게 말해 줘서 기쁘고 고마웠다.

"응, 가자."

나는 서둘러서 준비했다.

버스를 타고 절로 향했다. 오늘은 좀 규모가 큰 장례식이 있는지 주차 안내원들이 상복에 완장을 차고 문 앞에 서 있었다.

"유명한 사람 장례식이네."

고인의 이름이 크게 적힌 입간판을 보고 동행자가 말했다. 모르는 사람 장례에 실례가 될지도 모르지만, 날씨가 좋아서 다행이라는 생각이 들었다. 어머니 장례식 날도 파란 가을 하늘이 눈부셨다. 어머니 장례식 때 날씨가 좋아서 위안을 받은 것도 사실이다.

항상 들르는 석재점에서 언제나처럼 꽃다발을 샀다. 여점원과 가볍게 인사를 나누는데 점원이 자꾸만 흘낏흘낏 옆을 쳐다본다. 분명 나와 같이 온 사람을 궁금해하고 있다. 하지만 나는 모른 척하고 가게를 나왔다.

어머니날이라서인지 꽃다발에는 빨간색 카네이션이 한 송이 들어 있었다. 어머니는 카네이션을 그다지 좋아하지 않았다. 어머니가 좋아하는 꽃은 새하얀 칼라릴리였다. 그래서 장례식장을 한가득 칼라릴리로 장식했었다. 하얗고 품위 있는 칼라릴리가 그날 어머니와 참 잘 어울렸다.

그렇게 많은 칼라릴리를 어떻게 준비했을까. 틀림없이 꽃꽂이 선생님인 작은이모가 준비했을 것이다. 이모는 독신으로, 지금은 케어 하우스재택 생활이 곤란한 60세 이상 고령자가 낮은 비용으로 식사나 세탁 등 요양 서비스를 받을 수 있는 시설에서 지내고 있다. 아, 이모한테도 한번 가야 하는데…. 마치 고구마 줄기 캘 때처럼 인정머리 없는 일들이 줄줄이 정체를 드러낸다. 옛날에 '의혹 종합 상사'라고 불리던 정치인이 있었는데, 나는 '몰인정 종합 상사'다.

어머니 묘에서 몇 구획 앞까지는 빈터다. 찾아온 사람들이 시든 꽃을 버려서 그런지 몇 년 전부터 그곳에만 빨강, 핑크, 노랑, 오렌지 등 형형색색 꽃들이 흐드러지게 피었다. 올해도 어김없이 꽃이 만발해 있었다. 꽃잎이 떨어진 개양귀비의 가늘게 쭉 뻗은 줄기 끝에는 땅콩 크기만 한 열매가 바람에 흔들리고 있었다.

좌우로 나부끼는 모습은 작은 씨를 날려 보낼 날만을 손꼽고 있는 듯했다.

성묘를 끝내고 석재점으로 돌아왔다. 여주인이 "오늘은 혼자?" 지나가는 것처럼 물었다. 못 들은 척할 수가 없어서 "아뇨, 동행이 있어요." 대답하곤 밖에서 기다리는 남자를 쳐다봤다. 순간적으로 동행이라는 단어 말고는 떠오르지 않았다.

내가 아직 이십 대였다면 밝게 "오늘은 남친이랑 같이 왔어요!"라며 함께 온 걸 자랑스럽게 여겼을 것이다. 딱히 켕기는 건 없지만 혼인 신고도 하지 않은 중년 커플이 남에게 서로에 대해 얘기할 때는 어떤 호칭을 갖다 붙여도 입에 착 달라붙지 않는다.

편의상 파트너라고 말할 때도 있지만, 왠지 거창한 표현 같아서 마음에 들지는 않는다. 마흔을 넘긴 마당에 남자 친구라고 말하기도 그렇다. 이러다 무슨 일이라도 생기면 세상 사람들이 멋대로 '내연 관계'라고 부를 거라 생각하니 온몸이 움츠러든다.

월요일. 아버지한테 나오시라고 했다. 멋대로 갔다 온 것이긴 하지만 성묘를 다녀왔으니 보고도 하면서 겸사겸사 케이크도 같이 먹을까 해서다.

아버지는 술을 못 마시면서도 양주가 잔뜩 들어간 사바랭이라는 케이크를 좋아한다. 전에는 많이 팔았다는데 요즘은 잘 찾아볼 수 없다. 그러다 일하는 곳 근처 찻집에서 사바랭을 발견했다.

아버지와 같이 와서 먹어야겠다고 나만의 비밀스러운 즐거움으로 남겨 두고 있었는데 이번에 실천한 것이다.

"어제 어머니날이라서 아저씨와 성묘 갔다 왔어."

찻집으로 가는 길에 아버지에게 말했다. 파트너 — 아, 역시 이렇게 말할 수밖에 없잖은가? — 를 아버지 앞에서는 '아저씨'라고 부르고 있다. 아저씨와 아줌마 커플이라서 딱 좋다고 아버지 반응도 좋다.

아버지는 절대로 나를 재촉하지 않았다.

"내가 스무 살까지 잘 키웠으니까 그 후의 일은 네 판단을 믿을 수밖에 없어. 뭔가 잘못되더라도 우리가 교육을 제대로 시키지 못했구나, 그렇게 생각해야지 뭐."

사실 날 가르친 건 주로 어머니지만 아버지 말에 위안을 받은 느낌이었다.

내가 성인이 될 때까지 어머니는 아주 엄했다. 친구 가족과 같이 간 스키 여행에서는 저녁 늦게까지 자지 않는 아이들을 차별하지 않고 똑같이 혼냈다. 그런 뒤에도 나만 따로 불러 더 혼을 냈다. 어머니는 다른 집 어머니들보다 훨씬 무서웠다. 하지만 내가 성인이 되자 어머니는 "네가 좋으면 그걸로 됐어."라고 입버릇처럼 말했다. 아버지와 어머니…, 의외로 죽이 잘 맞아 돌아가는 부부였다고 이제야 곱씹어 보며 감탄하곤 한다.

아버지는 사바랭을 먹으면서 밀크를 가득 넣은 홍차를 마셨다. 아주 만족스러운 표정이었다. 그래, 이것으로 속죄는 완료.

어머니는 아버지랑 식성이 달라서 딸기가 가득 올라 있는 밀푀유와 커피를 좋아했다. "밀푀유는 밖에서 막 만든 걸 먹는 게 맛있긴 하지만 우아하게 먹을 수가 없어." 자주 아쉬운 듯 말하곤 했었다.

"근데 아버지, 어머니는 어떻게 알게 된 거야?"

예전에도 몇 번인가 아버지에게 어머니와 어떻게 알게 되었냐고 물은 적이 있는데 대답은 언제나 같다. "좋은 여자인 같아서 집에 따라갔지. 그리고 그냥 그대로 눌러앉았어." 이런 말도 안 되는 얘기가 있을까? 그래서 오늘은 좀 더 깊이 들어가 볼까 한다.

아버지와 만났을 무렵 어머니는 친구 부부와 같이 살고 있었다고 한다. 어머니는 아버지보다 여섯 살 연상이었는데 영화 잡지 편집자였다. 자랑은 아니지만 나와는 조금도 닮지 않은 미인이다. 화려한 세계에서 일했기 때문에 말을 걸어오는 남자도 꽤 있었을 것이다. 그런데 어쩌다가, 하필이면, 왜, 이 남자였을까?

"그거야 내게 반했으니까."

아버지가 가슴을 쫙 펴고 당당하게 말한다. 그럴지도 모르지만 왜 아버지에게 반했는지를 알고 싶다. 이걸 아버지에게 묻는 것이 얼마나 어리석은 일인지 잘 안다. 이미 진실은 어둠에, 어머니는 무덤에 묻혔다.

아버지가 하는 이야기는 언제나 사방팔방으로 튄다. 인내심을 발휘해 듣고 있다가 어머니 고등학교 동창과 아버지가 아는 사이였다는 사실을 처음 알게 되었다. 어떻게 사귀게 되었는지 자세하게 기억하고 있지는 않은 것 같았다. 아니면 딸에게 할 수 없는 불편한 진실이라도 있는 것일까.

아버지가 어머니가 살던 집에 쳐들어간 다음 날 아침, 어머니는 출근하면서 "내가 돌아올 때까지 있을 거야?" 하고 물었다. 아버지는 "그럴 거야."라고 대답했다. 어머니는 그냥 그대로 출근했고 아버지는 정말로 어머니가 돌아올 때까지 계속 집에서 기다렸다. 같이 살던 친구 부부는 아버지를 꽤 거북스러워했다고 한다.

"셋이서 살던 곳에 생판 모르는 놈이 한 명 늘었잖아. 내가 그 사람들 입장이었어도 싫었을 거야."

역시나 아버지답게 남의 일처럼 이야기했다.

어머니의 어머니, 그러니까 외할머니는 어머니가 열아홉 때 뇌출혈로 돌아가셨다. 외할머니가 남긴 아홉 명의 자식은 결속력이 대단해서 성실한 큰외삼촌과 큰이모가 외할머니를 대신해서 동생들을 키웠다.

어머니와 아버지가 결혼하는 걸 꽤 반대했다고 들었는데, 그렇다면 슬그머니 눌러앉았을 때부터 다윗의 별까지 어떻게 갈 수 있었을까. 외가 식구들이 어떻게 아버지의 존재를 알게 되었을까.

"나야 뭐, 그냥 네 엄마가 오라고 하니까…."

아버지가 어머니를 '네 엄마'라고 부르는 것을 오랜만에 들었다. 마치 돌아가신 어머니가 바로 옆에서 듣고 있다는 듯한 표정이었다.

어머니의 솔직하고 털털한 성격을 고려하면, 떠돌이 같은 아버지가 남한테 어떻게 보이는지 따위는 생각지도 않고 아버지를 집에 소개했을 게 틀림없다. 이렇다 저렇다 설명 없이 무작정 아버지를 형제들 앞에 앉히는 모습이 눈앞에 떠오른다.

도망치거나 숨지 않은 것도 아버지답다고 말했더니 "그야, 도망칠 데가 없었거든." 하며 툴툴거린다.

어머니와 아버지가 사귀고 나서 꽤 시간이 지났을 때 일이다. 아버지는 큰외삼촌과 큰이모한테 '호출'을 당했다. 당시 두 분은 두 사람의 교제를 결사적으로 반대했다. 제대로 된 직업을 가진 엄마와 달리 아버지는 겨우 병이 나아 할 일 없이 빈둥대는 여섯 살 연하의 대학 중퇴자였을 뿐이니까. 그 시대 분위기를 생각하면 큰외삼촌과 큰이모의 반대가 이해 안 되는 것도 아니다.

그런 일이 있고 얼마 지나지 않아 아버지와 어머니는 헤어졌다.

"네 엄마는 아무 말도 안 했어. 헤어지자고도, 시간을 좀 두자고도 안 그러더라. 매사가 확실한 여자가 말이야. 아무 말도 안 하더라고."

아버지가 어제 일처럼 말했다.

헤어지고 나서도 아버지는 어머니를 계속 생각했다고 한다. 물론 본인 주장이다. 지금처럼 쉽게 전화할 수 있는 시절도 아니어서 그저 어머니의 목소리를 듣고 싶다고, 그렇게 생각하면서 세월만 보내고 있었다고 한다.

어느 날 아버지가 혼자서 딱히 목적도 없이 이케부쿠로를 어슬렁거리고 있을 때였다.

"세이부 백화점 앞에 지하철 공사를 한다는 간판이 붙어 있었어. 공사 때문에 그 근처가 다 미끌미끌했지. 그게 오전이었어. 아르바이트가 저녁부터였거든. 그때 딱 네 엄마를 만났지 뭐냐! 우연이었어! 내가 바로 말했어. '보고 싶었어! 사랑해!'라고!"

아버지가 분위기를 한껏 살리며 당시의 아버지를 연기했다.

아버지의 직구를 정통으로 맞은 어머니는 아무 말도 하지 않다가 핸드백에서 집 열쇠를 슥 꺼내 아버지에게 건넸다. 그리고 또 아무 말 없이 그대로 일하러 갔다. 아버지는 신이 나서 어머니 집으로 다시 들어가 예전에 그랬던 것처럼 어머니가 돌아오기를 기다렸다.

"멋지지 않냐, 네 엄마?"

아버지가 자랑스럽게 말했다.

"알고 있어."

우리는 키득키득 웃으며 어머니를 그리워했다.

패밀리 트리

덥다. 여름 같은 날씨가 이어지고 있다. 오월은 내 생일이 있는 달이라 대체로 기억이 나는데, 이렇게 더웠던 적이 있었나 싶을 정도로 연일 뜨거운 햇볕이 내리쬔다. 오늘도 아침부터 쨍쨍하더니 정오에는 삼십 도 가까이 기온이 올라갔다.

아버지와 나는 가와구치시의 작은 역에 있었다. 일요일이라 그런지 사람들이 띄엄띄엄 지나갈 뿐 역 주변은 한산했다. 구름 한 점 없는 하늘에서 내리비치는 햇빛을 피할 만한 곳을 찾지 못한 우리는 땀을 뻘뻘 흘리며 역 앞에 서 있었다.

전화로 부른 택시가 오 분 후 도착 예정이라고 한다. 녹색이 살짝 도는 푸른색 폴로셔츠에 같은 색의 무명천 재킷을 입고 있던 아버지는 "덥다…." 작게 중얼거리며 재킷을 벗더니 반으로 접어서 팔에 걸쳤다. 오늘 우리는 케어 하우스에 사는 이모를 방문하기로 했다.

케어 하우스에 도착하자 휠체어에 앉은 이모는 다른 거주자들과 노래 자랑 프로그램을 보고 있었다. 누구 하나 말 한마디 하지 않고 TV에 집중하는 모습이 이채로웠다. 참가자가 열심히 노래하는데 갑자기 '땡~' 하고 종이 울렸다. "아~", "아~" 누가 먼저랄 것도 없이 작은 아쉬움이 새어 나왔다.

"이모!"

내가 이모를 불렀다.

"아이고, 깜짝이야. 이게 누구야!"

갑작스러운 방문자를 본 이모의 표정이 환해졌다. 아버지도 나도 게을러서 이모에게 연락도 안 하고 그냥 찾아온 것이다.

내가 아이일 때 이모들은 서로 이름 끝에 '할멈'이란 말을 붙여 부르곤 했다. 지금 생각해 보면 그때 고작 사십 대였던 이모들이 왜 자신들을 늙은이인 양 그렇게 불렀는지 이해가 되지 않는다. 지금 누군가가 날 '할멈'이라고 부른다면 반사적으로 주먹이 나갈지도 모른다.

여든을 넘긴 이모는 형제자매 중 유일하게 미혼이다. 집에서 꽃꽂이 교실을 열고 중고등학교에서 꽃꽂이를 가르쳤던 프로 중의 프로다.

고이시카와 집에서 한 정거장 거리에 살았던 적도 있는데 그때는 한 달에 한 번은 집에 놀러 와서 꽃꽂이를 해 주기도 했다. 어릴 때부터 나는 이모에게 귀염을 많이 받았다.

새빨간 매니큐어와 립스틱이 트레이드마크인 전문직 여성으로, 취미는 여행과 스포츠다. 매주 한 번은 수영을 즐기고 여름에는 아프리카, 인도, 유럽으로 여행을 가고 겨울에는 학생 시절 친구와 스키를 타러 간다. 큰 제스처를 써 가며 여행지에서 있었던 일을 열정적으로 얘기하던 모습이 마치 외국인 같았다. 한쪽 다리가 불편했지만 그런 핸디캡 따위 아랑곳하지 않았다. 누구보다 더 활동적이고 개성적이라고 할 수 있다. 또 격렬하게 감정을 드러내기보다는 마치 대본이 있는 것처럼 정교하게 일을 진행하고 주변 사람을 매료시키는 스타일이다. 친척 중에서 가장 독특한 사람이 바로 이 이모다.

어머니가 살아 있을 때 이모와 아버지는 잘 맞지 않았다. 자기 주장이 강한 사람들이라 삼십 분만 같이 있어도 어느 한쪽은 반드시 불만이 가득한 표정을 지었다.

내가 중학생 때 일이다. 곧 깨질 것 같은 살얼음판 대화를 이어

가던 중 아버지가 갑자기 등을 돌리더니 "나가는 곳은 저쪽입니다." 하면서 방문을 가리켰다. 아버지 행동이 너무 유치해서 진심으로 어이없어했던 것을 지금도 기억하고 있다. 어린 내가 봤을 때도 이모와 아버지는 어머니를 두고 서로 '자기 것'이라고 떼를 쓰는 듯 보였다.

그런 아버지가 요즘 들어 가끔 이모를 보러 가자며 나를 부른다. 어머니가 병으로 몸져누워 있는 동안 열심히 간병해 줬기 때문이란다. 맞는 말이긴 하지만 어머니가 돌아가신 지 벌써 십팔 년이나 지난 데다 그동안 거의 연락도 하지 않고 지냈는데, 왜? 지금?

아버지와 나는 이모가 탄 휠체어를 밀며 조용한 복도를 지나 이모 방으로 향했다. 꽃꽂이 수강생이 자주 찾아오는 덕분인지 방 안에는 멋스러운 꽃 장식이 몇 개나 놓여 있었다. 나는 이번이 두 번째 방문인데, 이모 방은 늘 깔끔하게 정리되어 있는 것 같다.

이모는 열심히 놀면서도 또 그만큼 열심히 일해 맨션을 샀고, 지금 입주해 있는 케어 하우스까지 자신의 힘으로 장만했다. 꽃꽂이 교실은 그만뒀지만 여전히 이모를 따르는 수강생들이 있다.

사십 년 후 나는 어떨까. 평생 독신으로 살겠다고 마음먹은 것은 아니지만, 어찌어찌 살다 보니 여기까지 와 버린 나…. 솔직히 불안함을 떨칠 수 없다.

아버지가 백화점에서 사 온 큰 망고를 이모에게 건넸다. 이모는 망고를 냉장고에 넣었다. 냉장고에는 한천, 과일, 팥으로 만든 디저트와 과일이 한가득 들어 있었다. 이모는 먹는 것을 아주 좋아한다.

"드디어 오셨네!"

아버지를 보면서 이모가 말했다. 웃고는 있지만 가볍게 책망하는 듯한 말투였다.

아버지가 이곳을 찾은 게 처음은 아니다. 이전에 혼자서 온 적이 있었다고 한다. 언제였더라. 아버지가 "오늘 이모한테 다녀왔어."라고 말했을 때 너무 놀랐다. 누군가를 사이에 두지 않고 단둘이 만났다니, 도저히 상상할 수 없는 그림이었다.

제멋대로에 자기주장이 강한 아버지가, 역시 만만찮은 이모를 만나러 혼자 이곳에 왔었다고? 믿을 수 없었다. 두 사람이 싸우지 않았다는 얘기에 나는 더 놀랐다.

그런데 그 일을 이모는 잘 기억하지 못하는 것 같았다. 아버지가 찾아왔던 걸 이모가 잊었다고 기분이 상해 험악한 분위기가 되는 게 아닐까? 간담이 서늘해진 나는 "잊어버린 거야? 에이, 뭐야아~ 전에도 왔었잖아!" 과장된 말투로 분위기를 휘리릭 섞어 버렸다. 하지만 이모는 "그랬나?" 여전히 아리송한 표정을 짓는다.

이 분위기를 어떻게 수습해야 하나 아버지를 흘낏 보니 내 예상을 깨고 미소를 짓고 있었다. 이십 년 전이라면 바로 심술궂게 되갚고 이모는 더 날카롭게 응수했을 것이다. 상상하는 것만으로 여기저기서 유리 깨지는 소리가 들리는 것 같다.

그런데 오늘은 평화롭다. 이 두 사람이 만나서 이렇게 조용한 건 아마 처음이 아닐까 싶다.

이모가 "넌 요즘에 뭐 하고 지내니?" 묻길래 아버지에 대해 쓰고 있다고 했다.

"이모, 엄마와 사귈 때 아버지는 어땠어?"

내가 모르는 아버지에 대해 듣고 싶었다.

"음~ 밥맛없는 놈이었지."

이모는 혀를 쏙 내밀며 놀림 반 농담 반으로 이야기를 이어 갔다.

"분명 언니한테는 더 좋은 사람이 있었을 거야. 하지만 결혼은 타이밍이니까."

이모의 도발에 아버지가 "우히히~" 하고 이상한 소리를 냈다.

한 시간 정도 끈덕지게 물고 늘어지며 아버지와 어머니에 대해서 물었지만 이모는 잊어버렸다고 얼버무렸고, 얘기를 해도 앞뒤가 통 맞지 않았다. 일일이 바로잡다가는 이모 기분을 상하게 할 수도 있겠다 싶어 그냥 듣고 넘겼다.

그런데 이모는 이 이야기에 그다지 관심이 없는지 몇 번이나 테이블 위에 놓인 종이봉투를 가리키며 "뭐 맛있는 거 가지고 왔어?" 묻고, 나는 "아까 망고 보여 줬잖아. 그거 들어 있었던 봉투야." 대답하기를 반복했다.

그때마다 이모는 휘파람을 불거나 혀를 내밀거나 했기 때문에 일부러 그러는 건지 치매 때문에 그러는 건지 판단할 수 없었다. 이모는 가끔 곤란하면 불쑥 "나 치매야."라고 말해서 날 놀라게 한다. 그런 내 얼굴을 보고 이모가 마치 연기하는 듯 어깨를 으쓱거렸다.

'이모가 날 속이려는 걸까?'

진위 여부를 알 수 없는 이모의 말장난에 어찌할 바를 모르는 나와는 대조적으로 아버지는 파도타기를 하듯 이모와 대화를 즐기고 있었다. 진짜 친한 사이 같았다. 서로 마주 보며 날개옷을 입고 둥실둥실 춤을 추듯 이야기를 나누었다.

나이를 먹는 것도 나쁘지 않아 보인다. 어머니가 이 장면을 봤더라면 틀림없이 눈물을 훔치며 기뻐했을 거라는 생각이 들어 가슴 한구석이 뭉클했지만 아마도 어머니가 살아 있었다면 아버지와 이모는 여전히 견원지간이었을지도 모른다.

"다음에 올 땐 내가 먹어 본 적 없는 과자로 사 와."

돌아갈 채비를 하는데 이모가 말했다. 팔순이 지났건만 호기심은 예전 그대로다. 생명력과 호기심은 다른 이름으로 불리는 하나일지도 모르겠다.

케어 하우스를 나와서 이종사촌 집으로 향했다. 작은이모 상태도 전할 겸, 결혼 때문에 미국에서 잠깐 돌아온 조카와, 역시 결혼식에 참석하려고 호주에서 온 또 다른 조카 부부와 아이들을 만나기 위해서다. 이번 기회를 놓치면 아버지가 이렇게 많은 외가 식구들을 동시에 만나는 일은 아마 남은 인생 동안 없을 것 같기도 했다. 외가는 식구가 많다.

이종사촌 집에 도착하자 거실에는 큰이모, 내 사촌들인 큰이모 딸 두 명, 사촌 언니의 딸 둘, 사촌 언니의 딸 둘 중 언니 쪽 딸 둘. 생후 이 주일 된 증손주를 안고 있는 여든세 살의 큰 이모 등 사람들로 넘쳐 났다.

여자들이 우글우글한 가운데 사촌 형부와 조카사위가 오도카니 앉아 있었다. 미국 조카와 결혼할 새신랑은 오다이바로 관광을 갔다고 한다. 현명한 선택이다.

케어 하우스 작은이모와 달리 어머니의 바로 위 언니 가족과 아버지는 사이가 좋았다. 이 이모는 야마나시 출신인 이모부와 결혼했는데, 우리 가족은 매년 여름 이모네 집으로 놀러 가곤 했다. 도쿄에서 태어나고 자란 내게 야마나시는 고향 같은 곳이다.

작은이모 앞에서는 점잖게 이야기를 경청하던 아버지가 여기서는 물 만난 고기처럼 큰이모와 사촌을 상대로 수다를 떨었다. 적당히 거짓말도 하고 가벼운 농담도 건넸다. 작은이모를 상대로 수비에 전념하던 아버지와는 전혀 딴판이었다.

오렌지빛 석양으로 물든 방 안에 여자들의 웃음소리가 가득 퍼져 있다. 아버지와 처음 만났을 때 여대생이었던 사촌도 이제 예순이 넘었는데 아버지의 농담은 예전과 똑같다고 한다.

이모 상태를 전하면서 "이모가 진짜 치매인지, 농담을 하시는 건지 잘 모르겠어."라고 말하자 그때까지 허허실실 농담하던 아버지가 정색하며 "치매 아냐." 하고 단칼에 내 말을 베어 버렸다.

차를 마시고 과자를 먹고 수다를 떨면서 화기애애한 시간을 보냈다. 네 살 먹은 여자아이와 생후 이 주일이 된 아기의 눈부신 생명력이 주위를 더욱 밝게 해 준다.

나는 아기를 무릎에 올렸다. 세상에 데뷔한 지 얼마 되지 않았는데 울지도 않고 떼를 쓰지도 않고 쌔근쌔근 잘 자고 있다.

"이렇게 금방이라도 부서질 것 같고 돌보지 않으면 죽어 버리는 생물은 역시 내 능력 밖이야."

나는 아기를 바로 큰이모에게 돌려줬다.

"열대어도 돌보지 않으면 죽어요!"

호주 골드코스트에 사는, 새까맣게 탄, 나보다 훨씬 어리지만 아기 엄마인 조카가 말했다. 그거야 그렇지. 하지만 막 태어난 아기는 목도 흔들흔들, 팔도 잡아당기면 금방 떨어질 것 같아서 열대어보다 훨씬 두려운 존재다.

밤에는 다른 약속이 있다고 아버지가 먼저 일어서자 사촌 형부가 역까지 차로 바래다줬다. 그렇게 아버지와 보낸 긴 하루가 끝났다.

다음 날 아침 아버지가 문자를 보내왔다. 외가 식구들 결혼과 출산을 축하하고 싶으니까 아이디어를 달라는 내용이었다. 문자는 "화기애애한 대가족을 보니 부럽네."라고 끝을 맺고 있었다. 나는 곧장 "대가족은 우리 스타일이 아냐. 포기해."라고 답장을 보냈다. 케어 하우스에서 '노래 자랑'을 보고 있던 이모의 뒷모습이 떠올랐다.

결혼과 출산 축하라…. 뭐가 좋을까?

불편한 유전자

"너한테는 지성이 없어."라는 말을 듣고 바로 전화를 끊었다. 속이 뒤집어졌다. 귀에서 휴대전화를 떼는 순간에도 무슨 말인가가 쏟아지고 있었지만 내 알 바 아니다. 대학도 중퇴한 사람이 도대체 무슨 말을 하는 거야. 나 역시 대단한 대학을 졸업한 건 아니지만 지성 결여 같은 말은 결코 아버지가 할 말은 아니다. 그리고 지성 결여는 결단코 유전이다.

아버지 부탁을 몇 개월이나 미루고 있었던 건 내가 잘못했다. 아버지 부탁을 들어주려면 귀찮은 절차를 몇 개나 클리어해야 하고 관공서에도 몇 번이나 가야 한다. 물론 매일 아침마다 가는 것도 가능은 하겠지만, 안 그래도 피곤에 절어 있는 나에게 더 큰 짐을 얹고 싶지 않았다. 난 이미 한계점에 도달해 있다.

지성 결여라는 말을 들은 이유는 아버지가 부탁한 일의 배경을 내가 따지고 들었기 때문이다. 설명이 귀찮을 때, 당신 생각대로 내가 움직이지 않을 때, 약간 켕기는 게 있을 때, 아버지는 대체로 내 인격을 공격한다. 그런 공격은 "그것도 모르냐, 이 바보야."라는 말이나 다름없어서 나 역시 참지 못하고 발끈하고 만다. 결국 "그런 말 할 거면 내년 집세는 안 내줄 거야!"라고 경제적 약점을 잡아 공격해 버렸다.

오해가 없도록 설명하자면 아버지 소유 부동산에 내가 얹혀살면서 집세를 내는 게 아니라 아버지의, 아버지에 의한, 아버지를 위한 집의 월세를 독신 딸인 내가 내고 있다. 이 정도면 갸륵하고 기특하다고 해야 하지 않을까.

수화기를 내려놓자마자 바로 아버지한테 전화가 왔다. "왜!" 하고 퉁명스레 받자 아버지는 아무 일도 없었다는 듯 어머니 친구에 관한 이야기를 하고는 전화를 끊었다.

십 년 전의 아버지였다면 엄청나게 화를 내며 고래고래 소리를 질렀을 가능성이 크다. "저, 저런! 내 얘기가 아직 안 끝났는데 감히 전화를 끊어!"라고 하면서 말이다. 그러면 나라고 별 뾰족한 수가 없으니 그냥 용서를 비는 수밖에 없다.

그런데 고희를 넘기고 나서는, 순간적으로 끓어오르는 냄비처럼 화를 내는 습성이 사라졌다. 의사소통은 편해졌지만 기력이 매년 줄고 있는 듯해 좀 씁쓸하기도 하다.

내가 작업실로 사용하고 있는 맨션 이 층에 노인이 한 분 살고 있다. 이 노인은 수다를 좋아하는지 날씨가 좋은 날에는 반드시 밖에 나와 관리인이나 주민들과 이런저런 이야기를 나눈다. 나이는 아버지와 비슷한 정도인데, 백발에 야구 모자를 쓰고 청바지에 긴소매 셔츠를 자주 입는다. 목청도 커서 노인이 쓰는 간사이 지방 사투리가 창문 너머까지 울려 퍼지곤 했다.

노인 집에는 열두 살 이상 나이 차이가 나 보이는 여자가 드나든다. 평상복을 입었는데도 왠지 섹시한 분위기가 감도는 여자였다. 결혼한 건 아닌 것 같고 그렇다고 친척도 아닌 것 같다.

노인은 복도까지 나와서 여자가 오기를 이제나저제나 기다렸다. 양손에 쇼핑백을 든 여자를 복도에서 다정하게 대하는 것을 몇 번이나 목격한 적이 있다. 둘 사이에는 잠시지만 알콩달콩한 분위기가 폴폴 풍겼다.

그런데 요즘 간사이 사투리가 들리지 않는다. 이사했나 싶었는데 이 층에서 생활하는 소리는 여전하다. 무슨 일이 있나?

얼마 후 잠옷 차림으로 계단을 올라가는 노인을 우연히 만났다. 코에는 산소 튜브를 끼고 있었고 발걸음은 불안했다. 그때 그 여성이 노인 뒤에서 등을 받치고 있었다. 노인의 등은 너무 말라서 옷을 입었는데도 등뼈가 확연히 드러났다. 봐서는 안 될 것을 본 것 같은 기분이 들어 나는 인사도 하지 않고 종종걸음으로 자리를 서둘러 피했다.

작업실 문을 닫고 크게 한숨을 쉬었다. 노인은 순식간에 병자가 된다는 점을 잊고 있었다. 그 노인, 얼마 전까지만 해도 정정했는데…. 노인 상태는 잠시라도 방심할 틈이 없다.

우편함에 들어 있던 우편물을 나누면서 아버지 얼굴을 떠올린다. 우편물 중에 아버지에게서 온 편지도 있었다. 봉투에 적힌 글씨는 아버지 필체가 아니었다. 하지만 누가 보낸 것인지는 금방 알 수 있었다. 나는 마음속으로 '신세를 많이 지고 있습니다.' 말하며 봉투를 향해 고개를 살짝 숙였다. 그리고 봉투가 오래된 인연에 대해 더 떠벌리기 전에 서둘러 다른 우편물을 집어 들었다.

며칠 후 아버지로부터 전화가 왔다. 결혼과 출산이 겹친 외가에 축하 선물을 하고 싶다는 내용이었다. 근사한 레스토랑을 예약해서 밥도 먹고 선물도 주기로 했다. 식사 자리에는 딸들의 빅이벤트를 막 끝낸 사촌 언니와 사촌 동생을 초대했다.

식사 비용은 내가 부담하겠다고 말했더니 "나는 축의금으로

만 엔 지폐를 두 장 준비할게."라고 아버지가 말했다. 지폐 두 장? 뭐야? 그럼 한 집당 고작 만 엔씩 부조하겠다고? 학생도 아니고 도대체 무슨 생각을 하고 있는 건지…. 즉, 이 말은 차액을 나보고 부담하라는 뜻이다. 변함없이 뻔뻔한 아버지지만 돈이 없는 걸 어떻게 하겠나. 어쩔 수 없지.

사촌들과 밥을 먹기로 한 날, 내가 새 지폐를 준비하기로 했는데 아버지와 만나기로 한 약속 시간 10분 전까지 까맣게 잊고 있었다. 아버지 말을 빌리자면 이날의 난 '지성 결여'가 심했다. 서둘러 역 앞 은행으로 뛰어갔지만 이미 창구 영업은 끝나 있었다.

스마트폰으로 '새 지폐 시간 외'라고 검색을 하니 ATM에서 여러 차례 돈을 빼서 깨끗한 지폐를 찾으면 된다는 방법이 나와 있었다. 나는 정신없이 내 계좌에서 삼십만 엔을 빼서 비교적 깔끔한 지폐를 두어 장 고르고 나머지는 다시 통장에 집어넣었다. 참으로 한심한 작업을 몇 번이고 반복하느라 정신이 없었다.

"지금 어디냐?"

약속 시간 5분 전에 아버지한테서 전화가 왔다.

"은행! 일루 와!"

전화를 받으면서도 내 손은 쉬지 않았다. 아버지가 가지고 온 만 엔 지폐가 새 지폐라면 이제 몇 장을 더 찾으면 되는 거지?

이마에 땀이 송골송골 맺혔다. 약속 시간까지 이제 삼 분밖에 안 남았다.

아버지가 은행에 도착했다.

"아버지, 돈! 빨리!"

손을 내밀자 아버지는 중간에 접힌 선이 또렷한 만 엔짜리 지폐를 두 장 내 손에 올렸다. 지성 결여는 역시 유전이다.

왜 새 지폐를 준비하지 않았냐고 아버지를 힐난하면서 ATM 기기에서 몇 번이고 돈을 꺼냈다 넣었다 반복했다. 좀처럼 마음에 드는 새 지폐가 나오지 않았다. 옆 ATM도 마찬가지였다. 안면에서 뿜어 나온 땀이 터치 패널에 떨어져 기기 조작도 제대로할 수 없었다.

아버지는 뭘 했냐고? ATM 옆에 있는 작은 공간을 들락거리다가, 무슨 번호를 가리키며 전화를 해 보자는 둥 만사태평이었다. 아버지, 제발! 그건 대출 신청을 하는 번호라고요! 아버지는 이제절대로 돈 빌리지 말라고요!

나는 더 깨끗한 지폐를 찾기 위해 ATM과 20분 동안 씨름했다. 일일 거래 횟수를 다 써 버렸는지 더는 돈을 뺄 수 없었다. CCTV에는 필경 보이스 피싱을 하는 게 아닐까 싶은, 수상쩍은 남녀가찍혀 있을 것이다.

참고로 아버지는 내 친구들한테 '찐 보이스 피싱'이라고 불린다. 돈이 필요할 때마다 전화하는데 내가 군말 없이 돈을 보내고

있기 때문이다. 심한 말이 아닌가 싶기도 하지만 나와 아버지의
관계를 잘 나타내 주는 표현이기도 하다.

레스토랑에 들어가자 사촌들은 이미 와 있었다. 기다리게 해
서 미안하다고 사과하며 아버지와 함께 자리에 앉았다.

20분 동안 씨름해서 건진 새 지폐 비스무리한 축의금은 마지
막에 건네기로 하고 먼저 건배부터 했다. 사촌들은 와인, 아버지
와 나는 탄산수와 주스. 지성 결여와 함께 알코올 분해 효소 결여
도 물려받았다. 있는 것만 유전되는 건 아니다. 없는 것도 고스란
히 계승되는 것이 핏줄의 힘이다.

사촌들은 이시카와현 가나자와시 전통 채소 브랜드 중 하나인
가가 연근을 이탈리아 스카모르차치즈에 끼워 구운 요리가 끝내
준다고 했다. 사촌들은 사람을 기분 좋게 만드는 재주가 있다. 맛
있게 먹는 사촌들을 보며 나도 기분이 좋아졌다. 그래서 정어리
와 감자오븐구이, 약간 비싼 화이트 아스파라거스에 홀란데이즈
소스를 뿌린 요리 등을 잇달아 주문했다.

아버지는 딱히 말은 하지 않지만 주문한 요리가 금방 나오지
않는 것이 마음에 들지 않는 듯했다. 표정만 봐도 알 수 있다. 아
버지는 짠 요리를 잘 못 먹기 때문에 스카모르차치즈를 딱히 좋
아하지 않는다. 혀가 녹아 버릴 정도로 부드러운 돌김과 굴 리소

토가 나오는데 아버지 입에 맞을지 모르겠네. 나는 아버지가 기뻐하는 모습을 보고 싶지만 이 미션은 언제나 어렵다.

"내가 태어나기 전의 아버지 이야기 좀 해 줘."

나는 화이트 아스파라거스를 입에 한가득 넣고 먹으면서 사촌들에게 부탁했다.

둘은 대학 시절에 아버지와 어머니와 같은 맨션에 살고 있었기 때문에 당시의 일, 그러니까 삼십 대 전반의 아버지를 알고 있다.

"음…."

사촌 언니는 고개를 갸우뚱하면서 그 시절보다 훨씬 이전 이야기를 시작했다. 결혼한 지 얼마 되지 않은 아버지와 어머니가 신혼집에서 살던 시절의 이야기였다.

"우리 엄마랑 같이 자러 갔던 적이 있었어. 복층 집이었지?"

"그래, 맞아. 억지로 복층으로 만든 집이라서 비가 많이 샜지."

아버지는 사촌 언니 얘기를 듣고 옛날 일을 회상했다. 나는 맛있는 요리를 먹으며 이야기를 나누는 시간이 참 좋았다. 아무리 괴짜 아버지라도 좋은 이야기가 하나쯤은 있겠지. 무엇이라도 좋으니 그런 이야기를 들을 수 있다면 대만족이다.

그런데 갑자기 사촌 언니가 전혀 다른 이야기를 했다.

"그 집에서 말이야, 한밤중에 이모가 울면서 엄마한테 이야기하고 그랬어."

"뭘?"

사촌 언니는 주저했다.

"…말하기가 좀 그런데."

그녀는 아버지를 보지 않고 와인만 마셨다.

"오늘은 말하기 껄끄러운 이야기도 좀 들어야겠어."

나는 이야기해 달라고 졸랐다.

"남편이 너무 멋지다면서 감동의 눈물을 흘렸겠지."

아버지가 실실 웃으며 말했다. 사촌 언니도 따라 웃었다. 하지만 언니는 더는 이야기를 하려고 하지 않았다. "그렇게 강한 이모가 눈물을 흘리면서 이야기를 한 적이 있었구나." 하며 사촌 동생이 끼어들자, 아버지는 대뜸 "그런 적 없어." 하고 무뚝뚝하게 받아쳤다. 그러자 사촌 언니가 "아냐, 있었어요!" 바로 반박했다. 무언지 모르게 제지하는 듯한 말투였다. 여자 문제인가 싶었지만, 그건 아닌 듯했다. 음, 그래도 아버지가 수상쩍었다.

"괜히 분위기만 이상해졌네. 그럼 말할게."

주저하던 사촌 언니가 드디어 운을 뗐다.

어느 날 저녁의 일이었다. 한밤중에 눈을 뜬 사촌 언니는 어머니와 이모가 나누는 이야기를 듣게 되었다. 어머니는 몇 번이나 유산을 했지만 그래도 아이를 포기할 수 없었는데, 그런 마음을 아버지가 알아주지 않아서 속상하다며 울고 있었다. 몇 번이나 임신을 했지만 아이는 엄마 배 속에서 건강하게 자라지 못했다. 그런데 아버지는 그런 어머니를 위로하지 않았다.

나는 무남독녀지만 사실은 내가 태어나기도 전에 죽은 오빠나 언니가 몇 명이나 있었던 것이다. 정확하게 몇 명인지는 모르지만 그랬다는 이야기를 얼핏 어머니한테 들은 적이 있었다.

"임신 초기였는데 네 아빠가 높은 곳에 있는 것을 꺼내 오라고 그랬어. 그래서 받침대에 올라가 손을 뻗었는데, 그랬는데…, 유산이 되어 버렸어."

아무것도 모르던 내게 어머니는 신세 한탄을 하듯 지나가는 투로 말했던 기억이 떠올랐다. 얼마나 힘들었을까. 나도 나이가 들다 보니 이제 엄마의 마음을 조금은 알 수 있을 것 같다. 어머니는 누군가가 자신의 이야기를 들어 줬으면 했을 것이다. 듣는 사람이 그 아픔을 이해할 수 없다고 해도 말이다. 비록 내가 태어나기 전의 일이지만 어머니를 위로해 주지 못했다는 안타까움에 가슴이 미어졌다.

한 명도 유산되지 않았다면 나는 몇 번째 자식이었을까. 아니, 내가 모르는 오빠나 언니가 유산이 되어서 어쩌면 내가 이 세상에 태어날 수 있었던 것인지도 모른다. 1973년, 마흔한 살의 나이에 엄마는 첫 출산을 했다. 당시에는 드문 고령 출산이었다.

아버지는 멋쩍은 표정을 짓다가 태연히 "네 엄마는 아이를 갖고 싶어 했지…."라며 요점에서 벗어난 말을 했지만 자신의 배려가 부족했다는 점이 마음에 걸렸을 것이다. 속으로는 만회할 수 없는 실수를 했다고 후회하고 있을 게 틀림없다. 아버지와 나는 왜 좀 더 어머니를 다정하게 대하지 못했을까.

사촌들의 배려 덕분에 분위기가 가라앉지는 않았다. 이후 아버지가 뭔가 그럴듯한 추억을 이야기할라치면 둘이서 브레이크를 걸었다. 내가 듣기엔 솔깃한 이야기인데 "방금 이모부가 한 말은 거짓말이야!" 웃으며 부정했다.

세 사람의 대화를 들으며, 그때의 일들을 지금이라도 알게 돼서 정말 다행이라고 나는 안도했다.

내가 아버지의 이야기를 쓰겠다고 마음먹었을 때는 있었던 사실을 그대로 쓸 생각이었는데, 어느새 나는 외로움이 묻어 있는 그럴싸한 이야기로 각색하고 있었던 건 아닐까…. 살짝 반성을 하게 된다. '혈기 왕성하던 시절의 젊은 아버지와 세상에 없는 아내를 그리워하는 늙은 아버지'라는 식의 아름다운 이야기로 말이다.

나는 아버지라는 형상을 구성하는 수많은 요소 중에서 내 입맛에 따라 그럴싸해 보이는 것만 택해 새로운 아버지를 만들어

가고 있었던 것인지도 모른다. 스스로 편집하고 각색한 이야기에 취해서 말이다.

아버지를 위해 아버지를 미화하려던 건 아니다. 나 자신이 "아버지가 어떻게 살아왔든 지금의 아버지가 있으니까 된 거다."라고 인생을 긍정하고 싶었기 때문이다. 이 남자에게 상처를 받은 적도 있었는데 벌써 잊어버렸나?

미담은 거창하게 만들어 내는 것이 아니다. 자연스럽게 만들어지는 것이다. 아버지로부터 술 못 하는 유전자를 이어받았기 때문에 또렷한 정신으로 살아갈 수 있다. 어떤 비열한 이야기든 실망스러운 이야기든 웃어넘기고, 아무리 형편없고 힘겨운 상황도 애증으로 헤쳐 왔기에 지금의 현실을 얻은 게 아니겠는가.

나는 유리잔에 든 탄산수를 단숨에 마셔 버렸다.

전쟁을 겪은 사람과 브라스 밴드

칠월이다. 장마 때문에 질척거리고 있었는데, 끝에서 두 번째 일요일에는 무슨 복인지 쨍쨍하게 맑았다. 드디어 장마가 끝났다고 기뻐하려던 순간 TV에서 "올해 장마는 예년보다 조금 늦게 끝납니다."라는 맥 빠지는 뉴스가 흘러나왔다. '뭐야, 아직 안 끝났다고?' 순식간에 우울해졌다. 시계를 보니 정오가 지나 있었다. 나는 서둘러 준비를 하고 밖으로 뛰어나갔다. 덥다. 벌써 삼십 도 가까이 기온이 올라가 있는 것만 같다.

칠월은 도쿄 사람의 오본お盆, 우리나라 추석에 해당하는 일본 명절이 있

는 달이다. 오늘은 절에 가서 오토바죽은 사람의 공양·추선을 위하여 범자나 경문 구절 따위를 적어 묘지에 세우는, 위가 탑처럼 뾰족하고 갸름한 나무판지를 받아서 성묘를 간다. 원래는 시식회에 참가해서 오토바를 받는 것이 마땅한 순서지만, 나는 선약이 있었고 아버지는 '덥다'는 한마디로 참석하지 않았다. 노상 있는 일이라 별로 놀랍지도 않다. 최근 몇 년은 시식회 다음 날 슬그머니 오토바만 받아 오는 영악한 방법을 쓰고 있다.

시아귀施餓鬼라고도 불리는 시식회施食會는 생전에 한 나쁜 행동의 응보로 아귀도餓鬼道에 떨어진 망자들에게 먹거리를 보시하는 공양을 말한다. 공양을 받지 못한 자를 위해 시식회를 열면 현세의 우리 수명도 연장된다고 한다. 시식회에 참가하지 않는 아버지와 나는 필시 제 수명을 다 살기 전에 아귀가 되겠지만.

우리 집은 '지성 결여'만이 아니라 칠칠치 못한 것으로도 정평이 나 있다. 재산을 다 말아잡수신 아버지, 나이를 먹을 만큼 먹고도 결혼하지 않는 딸만 봐도 잘 알 수 있듯 절에 관해서도 예외는 아니다. 오토바를 받는 절과 오토바를 꽂는 절이 다르고 심지어 종파도 다르다. 이런 일이 허용되는지 미묘하지만, 우리 집을 후원 가문으로 대해 주는 절은 할아버지 대부터의 지주인데, 어머니의 장례를 다른 절에서 치르면서 두 종파의 의식을 섞어 거행하게 되었다. 이 때문에 두 종파에 번거로운 일을 일으킨 것은 아니지만, 두 절을 오가느라 실제로 번거로운 일을 떠맡는 것은 언제나 내 몫이다.

먼저 앞의 절에서 오토바를 받은 후 택시를 타고 아버지가 기다리고 있는 고코쿠지로 향한다. 이 미터 가까이 되는 오토바를 들고 택시를 타면 일단 기사가 놀란다. 좀 길긴 하지만 오토바 끝을 대시보드 위에 올리면 얼마든지 들고 탈 수 있기 때문에 "걱정 마세요. 괜찮아요." 어색한 웃음을 지으며 놀란 토끼 눈을 한 기사를 안심시킨다.

땀을 뻘뻘 흘리며 성묘를 끝낸 후 아버지와 나는 항상 가는 패밀리 레스토랑으로 발길을 옮겼다. 운 좋게도 창가 넓은 자리에 앉을 수 있었다.

메뉴를 들고 온 중년 남성은 내가 대학생 때도 여기에서 일하고 있었다. 잘 보면 머리카락에 흰색이 늘었고 볼 주변에는 큰 기미도 있다. 메뉴를 받으며 '나이를 먹었네.'라고 생각한다. 주문할 때 말고는 말을 해 본 적이 없지만 어쩌면 그쪽도 같은 생각을 하고 있을지 모른다.

아버지는 토마토파스타를 주문했다. 평소와 다른 선택이다. 내심 '실패할 텐데….' 하는 생각이 들었지만 아무 말도 하지 않았다.

역시 아버지는 음식이 입에 맞지 않았던 모양으로 "이거 좀 깨네." 툴툴대며 포크로 파스타를 짓이기듯 돌리고 있다. 실패할 걸 뻔히 알면서도 미리 말하지 않았던 건 십 년에 걸쳐 몸에 익힌 요령이다. 굳이 말하자면 '아버지와 잘 지내는 요령'이라고나 할까. 여기에 "저런 어째!" 하면서 맞장구를 치면 더는 시끄러운 문제가 일어나지 않는다.

파스타랑 씨름하고 있는 아버지와 얼마 전 끝난 참의원 선거와 다음 주에 있을 도지사 선거 얘기를 하게 되었다. 선거철이 되면 아버지는 내게 전화를 해서는 아무 설명도 없이 다짜고짜 "ㅇㅇ당에 투표해."라고 말하고, 나는 "네, 네." 적당히 맞장구치고 전화를 끊는다. 견해 차이가 있을 때는 조용히 다른 당에 투표했다. 그렇다고 선거 후에 누구에게 투표했는지 아버지가 확인한 적은 한 번도 없었다. 아버지는 매번 친절하게 "ㅇㅇ당에 투표해."라고 말은 하지만 따로 정해 둔 지지 정당은 없다. 그래서 매번 지령이 바뀐다. 하긴 그러고 보니 집 외벽에 여당과 야당 포스터가 나란히 붙어 있던 적도 있었다. 더블 종파 스타일은 최근에 시작된 것이 아니다.

"전쟁을 겪지도 않은 놈들이 전쟁에 대해 이러니저러니 마구 떠들어 댄다니까."

선거 이야기를 한참 하고 있었는데 아버지가 불쾌하다는 듯 말했다.

"전쟁을 겪은 사람이라니? 그땐 아버지도 애였잖아."

"나는 전쟁을 겪은 마지막 세대야. 패전 때 일곱 살."

아버지가 1938년에 태어났으니까 세 살 때 전쟁이 시작되었다는 얘기군. 세 살이든 일곱 살이든 전쟁을 제대로 이해하기는 어려운 나이다.

부끄러운 얘기지만 나는 지금까지 아버지에게 전쟁에 대해 진지하게 물은 적이 없다. 아버지도 먼저 이야기를 꺼낸 적이 없다. 단지 "전쟁은 나쁘다." 그렇게만 말했다. 아버지가 겪은 전쟁이 어땠는지 나는 상상도 안 해 봤다. 물론 다른 경험자들이 하는 이야기를 들은 적은 있다. 어릴 때부터, 전쟁 이야기는 자세를 바르게 하고 최대한 경의를 표하며 경청하는 것이라고 들었다. 왠지 무례한 질문을 하거나 되물으면 안 될 것 같은 분위기가 있다. 그래서 전쟁 이미지는 뿌연 안개에 휩싸인 느낌이다. 하지만 아버지라면 다르지 않을까.

"있잖아…. 당시에는 정말 좋은 전쟁이라고 믿었어?"

"그런 거 몰라. 애였는데, 뭐."

"'오늘부터 전쟁입니다.' 그러면 학교는 쉬는 건가?"

"아냐. 보통 때랑 비슷했어."

"그래? 전쟁 때 아무도 반대 같은 거 안 했어?"

"그랬지. 그런 분위기였어."

"전쟁이 시작되면 살림살이 같은 게 어려워지나?"

"아니, 이미 그런 낌새가 있었어. 통제 경제가 전쟁 전부터 시작되었으니까."

"그렇구나. 배급으로 뭘 받는데?"

"받긴 뭘 받아. 다 샀어."

"샀다고?!"

"그래, 라디오에서 '오늘은 어디 지구에서 어디 지구까지 명태입니다.'라고 방송이 나와. 그러면 명태만 줄곧 먹었어."

아버지가 아닌 다른 사람에게 물으면 눈썹을 찡그릴 만한 유치한 질문을 계속 던졌다. 체면 차릴 것도 없이 묻고 싶은 것은 생각나는 대로 물었다.

"동네에 전쟁 나간 사람이 있었어?"

"당연히 있지! 빨간 딱지가 붙은 집 주변을 브라스 밴드가 한 바퀴 도니까 어느 집인지 바로 알아."

"그거 좀 섬뜩하다. 아버지는 봤어?"

"그랬지. 그리고 애였으니까 뭣도 모르고 브라스 밴드 뒤를 졸졸 따라다녔지. 즐거운 음악을 연주했거든. 또 따라가면 과자도 받을 수 있었어. 그런다고 혼내는 사람도 없었고."

전쟁에 나간 사람 중에는 스무 살 전후의 청년도 많았을 것이다. 나라를 위해서라면 소중한 목숨을 내놓는 것이 선이었고, 다른 의견은 허용되지 않았다. 아이들은 아무것도 모른 채 신나게 연주하는 죽음의 상인 뒤를 따라 걷는다. 연주자도 그런 일을 하려고 악기를 배운 것이 아니었을 텐데…. 나는 이야기를 듣다가 가슴이 답답해졌다.

"그땐 잘 몰랐는데, 지금 생각해 보면 전쟁에 나간 집 가족은 참 딱했어."

그렇게 말하는 아버지의 눈빛에서 감상이 아닌 체념 같은 게 느껴졌다. 담담한 체념이었다.

"아버지는 늘 '전쟁 따위 해선 안 돼. 다들 불행해져.'라고 말했던 것 같아."

전쟁 당시 아버지는 아직 어린아이였다. 기억이 정확하지 않을 수도 있지만 그래도 지금은 이야기를 더 듣고 싶다.

"도쿄 대공습 때는 어디에 있었어?"

"누마즈에 피란 가 있었어. 형들은 같이 있지 않았지만."

"왜?"

"형들은 학동소개学童疎開라고 해서 이미 대피해 있었어."

아버지에게는 다섯 살 많은 형과 세 살 많은 형이 있다. 학동소개는 폭격에 대비해 학생들을 집단 대피 시킨 것으로 소학교 삼 학년부터 육 학년까지가 대상이었다고 한다.

"도쿄에 소이탄이 떨어지는 건 피란 전에 봤어. 바람을 가르는 소리가 엄청났어. 씨잉 하고 큰 소리가 나거든. 하늘을 올려다보 면 소이탄이 내려와. 우에노 마쓰자카야 백화점 주변에 떨어지 나 싶었는데 화과자점 우사기야 주변에 떨어졌지. 쾅 하는 소리 가 엄청나더라."

민기 어려운 이야기였다. 거짓말 아닐까. 그런 상황을 두 눈으 로 직접 봤다면 평생 트라우마로 인생이 엉망진창이 되었을 것 같은데 눈앞에 앉아 있는 아버지는 평소와 다름없이 덤덤했다.

"아버지는 폭탄을 본 적이 있구나."

"소이탄은 봤어."

"뭐가 달라?"

"폭탄은 파괴하려고, 소이탄은 태우려고 떨어뜨리는 거지."

폭탄이 비행기에서 후드득 떨어지는 광경은 흑백 영상으로 본 적이 있다. 마치 포탄이 땅에 떨어지는 소리가 들리는 것처럼 리 얼했다. 하지만 소이탄이 바람을 가르는 소리만은 상상이 되지 않았다. 아버지가 목에서 짜내며 흉내 내는 불쾌한 소리만 귓가 에 남았다.

"1944년 여름에 누마즈로 피란 가게 됐지만 화물이나 철도가 제대로 안 움직여서 가재도구 가져가는 건 생각도 못 했어. 그런데 우리 집은 아버지가 인맥을 총동원해서 운수성 공무원에 줄을 댔다고 하더라고. 그래서 겨우 보냈다고 그러더라."

할아버지와 할머니는 삼남이었던 아버지를 데리고 친척에게 신세 질 요량으로 누마즈로 향했다. 여기에는 증조할머니도 계셨다. 장남과 차남이 돌아오는 것을 기다리지도 못하고 생활 터전을 떠나던 날, 할머니가 어떤 마음이었을지 상상해 봤다. '반드시 다시 만날 수 있다.' 그렇게 믿을 수밖에 없었을 것이다. 당시 할머니는 아직 삼십 대였다. 나는 할 말을 잊고 빨대로 오렌지주스만 마셨다. 쓴 알갱이 같은 것이 입에 퍼졌다.

아버지와 가족들은 누마즈에서 집을 빌려 잠시 살았다. 아버지는 누마즈에서 소학교에 들어갔다. 떠날 때 부친 짐이 아직 도착하지 않아 어떻게든 살고 있던 차에 누마즈에도 공습이 시작됐다. 군수 공장이 많아서 표적이 되었다고 한다.

어느 날 짐이 도착했다. 내일 짐을 풀자고 현관에 놔두었는데 소이탄이 떨어져서 전부 타 버리고 말았다고 한다.

아버지는 웃으면서 이야기하고 있다. 괴로운 일은 웃음으로 날려 버리는 게 최고다. 나도 그렇게 살아왔지만 도저히 아버지처럼은 못 할 것 같다.

"누마즈에도 소이탄이 떨어져서 도망쳤는데 말이야, 그때 도중에 할머니를 버렸어."

증조할머니를 버렸다고? 누가? 왜?

일요일, 패밀리 레스토랑은 가족 손님으로 떠들썩했다. 아버지는 햇볕이 쏟아지는 테이블에 앉아 여느 때와 다름없이 온화한 표정으로 나를 보고 있었다.

칠월의 가지구이

칠월의 끝 무렵, 눈이 아플 정도로 햇빛이 쏟아지는 한낮의 일이다. 성묘를 하고 나서 아버지와 나는 언제나 가는 패밀리 레스토랑에서 언제나처럼 마주 보고 앉아 있었다.

아버지는 평소와 달리 토마토파스타를 주문했다. 그리고 또 평소와 달리 전쟁에 대한 이야기를 하고 있다. 이 남자의 딸로 사십삼 년을 살아왔지만 나는 처음으로 아버지가 겪은 전쟁 이야기를 듣고 있다.

도쿄에 살고 있던 아버지와 가족은 피란지에서 공습을 당했다. 1945년 7월 17일 새벽, 누마즈 대공습. 누마즈에는 군수 공장이 많아서 표적이 되었다고 한다. 당시 아버지는 소학교 1학년이었다.

부모 자식 간이라는 익숙함과 쑥스러움을 이유로 나는 평소에 아버지에게 반말을 한다. 버르장머리 없다고 쓴소리를 들어도 쌀 만큼 무례한 말투도 쓴다. 오늘은 호기심까지 더해 독촉하듯 질문에 질문을 거듭했다.

"'사치는 적이다!' 이런 말도 했다던데 정말이야? 정말 다들 그렇게 말하고 생각했어?"

"그래, 그렇게 말로 사람을 통제했지. 하지만 말이야, 거의 대부분이 가난해서 사치를 하려고 해도 할 수 없었어. 뭐 당시에도 권력을 가진 사람은 있었고 그런 사람들은 풍족했지. 요즘 하는 말 있잖아. 격차. 그게 그때부터 있었어. 전쟁은 싫어. 비참해."

아버지가 하는 전쟁 이야기는 언제나 '전쟁은 안 돼.', '전쟁은 비참해.'로 끝난다.

전쟁 체험자는 다들 이구동성으로 그렇게 말하기는 하지만 아버지는 좀 더 유별난 것 같다. 아버지의 마음은 어떤 걸까. 나는 아버지 얘기를 듣고 싶었다.

"음, 거북한 이야기지만 소이탄은 흩뿌려지듯 떨어지거든. 같이 도망치던 사람 중에 말이야, 중학생이 있었는데 소이탄에 맞아서 팔이 떨어졌어."

아무렇지도 않은 듯 태연하게 말하는 건 아니지만 아버지는 마음에 드는 컵이 깨졌다는 정도의 감정으로 말했다. 일부러 별 거 아니라는 듯 가볍게 말하는 것일지도 모른다.

나는 억지로 아버지의 감정 수준에 맞춰서 가벼운 톤으로 물었다.

"그래? 그런데 증조할머니를 버린 이야기 말이야, 그건 뭐야?"

"누마즈에 도착해서 얼마 안 됐을 때였지, 아마. 화물차가 기관총 공격을 받았어. 진짜 비가 오는 듯했다니까. 그날 소이탄도 떨어졌고. 그래서 한밤중에 도망갔어. 그때 같이 도망치던 중학생이 소이탄에 맞아서 팔이…"

"그건 들었고. 그 중학생이랑 아는 사이였어?"

"아니, 전혀 모르는 아이."

"엥? 아버지는 누구랑 도망쳤는데?"

"가족이랑. 나중에는 모르는 사람들이랑. 그래서 빨리 뛸 수 없는 할머니를 리어카에 태워서 아버지가 그걸 끌면서 도망쳤어. 그렇게 도망칠 때 할머니를 하얀 이불로 덮어 드렸어. 그런데 그게 비행기에서 잘 보이니까 안 된다고 그러더라고."

"누가?"

"같이 도망치던 사람 중에 트집 잡는 사람들이 있었어."

"아는 사람?"

"전혀."

또 모르는 사람이다.

"그런 게 보일 리가 없잖아. 바보, 멍청이 같은 놈이지."

아버지의 말투가 거칠어졌지만 한순간이었다.

드링크 바로 아이스티를 가지러 가면서 나는 머릿속에서 이야기를 정리했다. 공습에서 도망치던 중에 중학생이 소이탄에 맞았다. 또, 리어카를 탄 할머니가 걸리적거려서 빨리 도망 못 간다며 리어카를 버리라고 협박하는 남자가 있었다. 여기까지는 이해했다.

자리로 돌아가 아버지에게 물었다.

"그 사람은 도망치던 사람들 리더였어?"

"아니, 그럴 때는 덩치 크고 목소리 큰 놈이 잘난 척하는 법이지. 비상사태에는 반드시 그런 녀석이 한순간에 힘을 가져. 사람들은 왠지 말을 들어야 할 것 같은 압박감을 느끼게 되는 거야."

그런 사람들과는 떨어지면 되는 거 아닌가? 아니면 리어카가 아니라 흰색 이불을 버리면 되는 거 아닌가? 그런 난리 통에서는 그런 간단한 것조차 생각하지 못하나?

앉아 있는 것에 지쳤는지 아버지는 의자에서 스르륵 엉덩이를 미끄러뜨리더니 불량 청소년처럼 삐딱하게 자세를 취하고는 이야기를 계속 이어 갔다.

"도망칠 때는 말이야, 자신이 먼저 앞장서지 않아. 누군가가 도망가면 그 뒤를 따라가는 거야. 그러면서 사람들이 점점 늘어나. 왜 그쪽으로 도망가는지 아무도 몰라. 그냥 무조건 도망가는 거야. 말도 도망갔어. 어딘가의 마구간이 폭탄을 맞았거든. 군중들이 와아아악 도망가고 있는데 미친 듯 말이 달려와서 우리를 앞질러 갔어. 어느 쪽으로 도망가야 하는지 말이 알겠냐? 당연히 모르지."

말 이야기를 하며 아버지는 자조하듯 웃는다. 도저히 웃을 수 없는 이야기였지만 나도 따라 웃고 말았다.

혼란 속에서 처음 보는 남자에게 위협을 받아 아버지와 가족들은 리어카째 증조할머니를 바다 근처 소나무 숲에 버렸다. 아직 불길이 미치지 않은 곳이었다고는 하지만 같이 도망갈 이유 따위 전혀 없는, 생판 처음 보는 사람들의 협박에 못 이겨 소중한 부모를 길에 버리는 마음을 난 도저히 이해할 수 없었다. 그게 이승에서 마지막이 될지도 모르는데….

아버지에게 몇 번이나 되물었지만 속 시원한 대답이 돌아오지 않았다.

"위협에 진 걸 거야, 아버지가."

집요하게 물고 늘어지는 내 시선을 피하며 아버지가 말꼬리를 흐렸다.

아버지와 가족들은 정신없이 도망쳤다. 도망치고 도망치고 또 도망쳤다. 그리고 아침이 왔다.

할머니를 찾으러 리어카를 버린 소나무 숲으로 서둘러서 돌아갔다. 그러나 없었다. 아무리 찾아도 리어카가 보이지 않았다.

"'누군가가 가져가 버렸나 보다.'라고 아버지와 어머니가 그랬어."

참으로 태평하다.

그렇게 포기하려던 참에 집 근처에서 리어카를 발견했다. 할머니는 리어카 안에서 버려졌을 때와 마찬가지로 자고 있었다고 한다.

"남들한테서, 할머니를 버리라는 협박 같은 소리를 듣고서도 꽤 오래 버텼다고 생각했는데 아니었나 봐. 우리가 할머니를 너무 빨리 버리고 갔던 거지."

웃을 수 없는 이야기인데 아버지가 또 웃었다.

기적적으로 재회한 후 가족은 리어카를 끌면서 서둘러 돌아갔다. 집은 공습으로 다 타 버렸다. 전부 모조리 다 타 버렸다. 정원에 심어 두었던 가지에까지 불길이 지나가 구워져 있었다.

　"그래서 말이야, 가족들이 먹었어. 그 가지를."

　감정을 억누를 수 없었는지 아버지 목소리가 높아졌다 낮아졌다 했다. 웃으면 안 되는 이야기에 나도 웃는다. 웃지 않으면 견딜 수 없을 정도로 어색하다.

　집이 타 버려서 사라졌다. 비참하다는 것 외에 어떤 것도 아니다. 그러나 오늘도 내일도 살아야 하니까 소이탄에 구워진 가지를 가족들이 먹는다.

　나라면 먹기는커녕 두 번 다시 보고 싶지도 않았을 것 같은데 희한하게도 가지구이는 아버지가 좋아하는 요리다. 우리는 부모 자식 사이지만 삶에 대한 집착 정도는 다르다.

　우리 집도 아버지가 잘못해서 집이 없어져 버린 과거가 있다. 아버지는 내게 발각되기 훨씬 전에 사업을 말아잡수시고 빈털터리가 됐다. 그 마지막 몇 개월간 내 저금을 탈탈 털어 집과 사업을 유지했다. 그 사실을, 당시에는 몰랐다. 그러다 더 이상 버틸 수 없게 되었다. 내게 장사 재능이 있다면 다른 결말이 기다리고 있었을지도 모르지만 안타깝게도 그렇지 않았다.

그 집은 일 층과 이 층에 아버지 사무실이 있었고, 삼 층과 사층에 우리 가족이 살았다. 빈털터리에게는 어울리지 않는 빌딩이었던 거다. 차라리 다 타 버려서 사라져 버렸으면 좋았을 텐데 지금도 옛날 그 모습 그대로 남아 신용 금고가 영업을 하고 있다. 근처 주민들에게 모임 장소로 개방하고 있다니 참으로 이상한 기분이 든다. 옛날에 우리가 살던 집, 하지만 두 번 다시 '우리집'이라는 의미로는 들어가 볼 수 없는 집…. 정들었던 집을 보며 마음 편히 웃을 수 없는 상황이 이상하기만 하다. 아마 전쟁 때의 아버지나 할아버지도 그랬을 것이다.

동일본 대지진이 일어났을 때 나는 꼴불견일 정도로 허둥지둥 당황했다. '바람을 타고 도쿄로 방사능이 들이닥친다.', '지금이라도 당장 도망가지 않으면 큰일이 생긴다.' 공포를 자아내는 이야기들이 철사처럼 온몸을 죄어들었다. 이 괴로움에서 도망갈 수만 있다면 도쿄를 버리겠다고 각오했다.

그런 마음을 내비치자 아버지는 "어떻게든 될 거야. 살 곳도 있고." 태평스러운 말을 늘어놓았다. 왜 저렇게 여유로운 거냐고 속이 뒤집혔지만, 누마즈에서 있었던 일에 비하면 그리 대단한 일도 아니었을 것이다.

아버지와 가족들이 누마즈에서 도쿄로 돌아왔을 때 집이 다타 버리고 흔적도 남아 있지 않았다고 한다. 당시 사람들은 그런

처참함을 이겨 냈다. 하지만 나는 동일본 대지진이 일어났을 때, 어떻게 해야 할지 몰라 허둥대면서 그저 누군지도 모르는 이의 뒤를 따라 도망쳤을 뿐이다.

내가 '종전'이라고 하면 아버지는 '패전'이라고 고쳐서 말한다.

"패전한 다음 날부터 갑자기 '자유입니다. 자유에는 의무가 뒤따릅니다.' 따위의 말을 듣고 당황했어. 내가 어른이었다면 더 혼란스러웠을 거야. 교과서에 실려 있던 '미국, 영국은 마귀 짐승'이라는 글자를 어머니가 검정 펜으로 지웠어. 정보 공개라고 그럴듯하게 말하면서 실제로는 매직으로 새까맣게 떡칠을 한 서류…, 뉴스에서 본 적 있지? 그런 느낌이야. 일본인은 고분고분해. 아무리 이상한 일도 이상하다고 말을 안 해."

전쟁 후에도 여전히 먹을 게 없어서 배를 곯은 큰아버지들은 미군을 돕고 있던 할아버지에게 먹을 걸 받아 오라고 보챘다. 어느 날, 할아버지가 아는 미군한테서 베게만 한 밀가루 봉지를 몰래 받아 왔는데 열어 보니 설탕이었다고 한다.

"설탕은 밀가루보다 몇 배나 비쌌지. 하지만 아버지는 그걸 팔지 않으시더라고. 욕심이 없었던 거지. 그래서 우리 형제들은 매일 갈색 종이봉투에 설탕을 넣어 학교에 갖고 가서 핥아 먹었어. 나 같으면 얼른 암시장에 내다 팔아 큰돈으로 바꿨을 텐데. 물론 들키면 잡혀갔겠지만 말이야."

그렇군. 눈앞에 앉아 있는 이 할아버지는 갈색 종이봉투에 담은 설탕을 핥으며 생명을 연장했다는 건가. 어린 꼬마인 아버지가 설탕을 할짝할짝 핥고 있는 모습을 상상해 본다.

"전쟁 후에는 엄청나게 불경기였을 거 아냐. 좀 나아졌다고 체감한 건 언제쯤이었어?"

"음, 한국 전쟁이 시작되고 나서."

그야말로 찜찜한 이야기다. 전쟁의 상처에서 재건하는 기폭제가 또 전쟁이었다니.

"한동안 못살았어. 아버지는 전쟁 후에도 이 억 정도 가지고 있었을 거야. 전쟁이 시작되기 전에 할아버지의 장사 권리를 판 돈이 오 억 정도였고…."

"뭐 오 억?"

"아, 미안. 오 만이다."

"그렇겠지."

"그래서 이케부쿠로의 암시장이 말이야…,"

이야기가 또 샛길로 빠지려고 한다.

"그 이야기는 다음에 해 줘."

나는 아버지에게 고맙다고 말하고 계산서를 들고 자리에서 일어섰다.

저마다의 긴자

『긴자햐쿠텐銀座百点』에서 집필 의뢰가 들어왔다. 『긴자햐쿠텐』
은 1955년 창간된 잡지인데 긴자에 관한 나의 추억을 써 달라고
한다. 옛날부터 친숙한 잡지라서 청탁받은 게 꽤 기뻤다.

어머니는 긴자를 좋아해서 나를 데리고 자주 이곳 거리를 다
녔다. 나는 가게 안에 놓여 있는 『긴자햐쿠텐』을 훌훌 넘기면서
어머니가 쇼핑을 마칠 때까지 기다렸던 기억이 있다. 그때가 그
립다.

글을 쓰기 전에 몇 가지 확인하고 싶은 것도 있고 또 어머니를
그리는 추억을 쓰게 된 게 기뻐서 곧장 아버지에게 전화를 했다.

지난주 일은 깨끗하게 잊어버려도 몇십 년이나 된 일은 기억하는 사람이 아버지다. 어머니와 긴자에 관해 이것저것 물어봤더니 전화가 꽤 길어졌다. 어머니는 저세상으로 가서도 여전히 우리 집 윤활제 역할을 한다.

한 달 후 에세이가 게재된 잡지가 가게에 비치되었다는 소식을 듣고 아버지와 같이 긴자 산책에 나섰다. 예전처럼 가게에 놓인 잡지를 직접 읽어 보고 싶었다.

아버지와 나는 목적지를 정하지 않고 긴자 여기저기를 둘러봤다. 바로 잡지를 구할 수 있을 거라고 기대하고 갔지만 잡지를 비치해 둔 가게가 좀처럼 없다. 『긴자햐쿠텐』 회원 가게에 놓여 있다고 하는데 잡지만 받자고 쇼핑할 생각이 없는 가게에 들어가는 건 어지간한 담력이 없으면 불가능하다. '쇼윈도 디스플레이에 끌려 우연히 들어갔는데, 또 우연히 잡지가 있더라.' 뭐 이런 게 가장 이상적인 패턴이다. 이게 아니라면 잡지만 들고 가게에서 나올 때 뒤통수가 따가울 것 같다.

긴자는 옛날에 비해 소규모 상점이 많이 줄었다. 중심가는 어디를 봐도 외국계 로드숍뿐이다. 구월 말인데도 늦더위가 기승을 부리는 통에 아버지와 나는 흐르는 땀을 닦으며 긴자 거리를 훑었다.

"산모토에는 있겠지."

걷는 데 지친 아버지가 말했다. 산모토는 오래된 편집숍 산모토야마를 말한다. 확신에 찬 아버지의 뒤를 따라 가로수가 늘어선 길을 걷는데 산모토야마가 없다.

"이상하네. 분명히 여기가 맞는데…."

아버지가 혼잣소리를 했다. 누군가에게 물어보면 좋겠지만 시골 사람처럼 보이는 게 싫어서 둘이서 마냥 헤매고 있다. 게다가 오늘은 아버지도 나도 너무나 캐주얼한 차림이라서 고급 숍에 들어가는 건 부끄럽다.

"아, 있다, 있어. 산모토!"

앞장서서 걷던 아버지가 길에 면해 있는 가게로 들어갔다. 가게 안에서는 점원이 옷을 개고 있었다.

"이런 부탁을 하는 게 좀 뭣하지만 『긴자햐쿠텐』을 한 권 받을 수 있을까요?"

아버지는 미안해하며 점원에게 부탁했다. 그런데 점원은 무슨 말을 하는지 모르겠다는 표정을 지으며 그런 잡지 모른다고 쌀쌀맞게 대답했다. 아버지가 다시 '산모토야마' 이름을 꺼내며 또 부탁하자 점원은 "산모토야마는 저 건물 이 층에 임시 점포가 있습니다."라고 옆 건물을 손가락으로 가리켰다. 산모토야마라고 믿고 들어간 가게는 남자 옷을 파는 외국계 로드숍이었다. 아버지의 감이 꽤 둔해졌나 보다.

"이런 차림새로 가고 싶지 않아."

나는 불평했다.

아버지는 수십 년 전에 산 낡은 청색 셔츠를 가리키며 "괜찮아, 괜찮아. 이 옷 산모토에서 산 거야." 아무렇지도 않은 듯 태연한 얼굴이었다.

가슴께에는 흰색 바탕에 빨간 줄무늬가 들어간 튜브 모양의 자수가 놓여 있어 민트 사탕 같았다. 자세히 들여다보니 꼼꼼한 자수가 옷의 분위기를 잘 살리고 있다. 아버지에게도 어울린다. 하지만 오래된 옷을 버리지 않으니 집 안이 짐으로 가득차지. 좁은 집으로 이사했으니 낡은 옷은 냉큼 버리면 좋으련만.

청바지에 티셔츠를 입은 내 옷차림을 흘깃 보다가 마지못해 엘리베이터를 타고 이 층으로 올라갔다. 임시 점포라서 어쩔 수 없었을 테지만 왠지 오랜 전통에서 풍기는 품격이 부족했다. 원고에 산모토야마에 대해서도 언급했던 터라『긴자햐쿠텐』과 좀 더 감동적으로 상봉하는 장면을 기대하고 있었는데….

가게 안에는 고객이 여럿 있었다. 이 층까지 올라와야 하는 번거로움을 극복하면서까지 온 사람들이라 아마도 산모토야마가 처음인 사람은 없을 것이다. 다른 고객들에게는 점원이 붙어 있었지만 그곳에 어울리지 않는 아버지와 나는 그냥 방치되었다.

"곧 세일이죠?"

아버지가 단골손님인 척하며 젊은 여자 점원에게 말을 걸었다. 나는 웃음을 꾹 참았다. 목소리 톤은 부드러웠지만 제대로 손님 대접을 하는 게 좋을 거라는 뜻을 은근슬쩍 돌려 말하는 게 분명했다. 아버지는 여자와 소통하는 데 특출난 재능이 있으니 지금은 맡겨 두자. 하지만 점원은 걸려들지 않았다. 수십 년 전에 했던 구매 이력은 별 효용이 없는 것 같았다.

아버지는 조금도 기죽지 않고 가게 안을 둘러봤다. 가게 안에는 옛날과 다름없이 질 좋은 상품들이 진열되어 있었다. 손이 저절로 미끄러질 정도로 보들보들한 캐시미어 스웨터, 검정에 가까운 짙은 청색의 중절모. 프린지가 잔뜩 달린 페이즐리 무늬의 숄…. 확실히 질 좋은 물건은 곡선이 남다르다. 모든 게 다 감탄이 나올 정도로 매끄러웠다.

고급 가게가 고객을 어떻게 대접하는지는 지금까지 사용한 금액으로 결정된다. 옛날에 제아무리 소중한 손님이었다고 해도 연속성이 없으면 가게 입장에서는 별 의미가 없다. 돈 나오는 수도꼭지를 열어 두고 돈을 계속 쏟아붓는 사람이 고급 가게에서는 승리자다.

어머니는 분명 중요한 손님까지는 아니었을 것이고, 아버지의 돈 나오는 수도꼭지는 지금껏 잠근 적이 없지만 돈이 고갈되어서 더 이상 쏟아 낼 게 없다. 가게 입장에서 보면, 우리 부녀는 그냥 불쑥 찾아온 무단 침입자였다.

그때 얼핏 보기에도 유복한 생활을 하고 있는 듯한 노부부가 가게로 들어왔다. 남편은 머리부터 발끝까지 모스 그린 그러데이션 계통으로 차려입었다. 아내는 연보라색 계열 옷을 쫙 빼입은 데다가 머리카락은 곱게 세팅되어 있었고, 손톱은 아름다운 보라색으로 손질되어 있었다. 그냥 척 보기만 해도 구석구석에 타인의 손길이 닿아 있었다. 좋은 음식을 먹고 우아하게 전업주부를 하고 있다는 자신감이 어린 표정을 짓고 있었다. 경박한 차림을 한 스무 살 남짓한 여자아이가 노부부의 뒤를 따라 들어왔다. 손녀인 듯싶다. 가게에는 전혀 흥미가 없어 보였지만 이 여자아이의 심미안은 이렇게 무자각 속에 단련되어 갈 것이다.

만약 아버지의 사업이 잘 풀렸다면, 어머니가 아직 살아 있다면, 내가 아이를 낳았다면…, 내 머릿속에 '만약'으로 시작하는 가정법 문장들이 우후죽순 고개를 내밀고 있었다. 낡은 셔츠를 입고 단골손님인 척하는 아버지와 주뼛거리는 나는 청빈함과는 인연이 없고, 사치에는 손도 닿지 않는다.

침울해 있는 나와 달리 아버지는 전혀 주눅 들지 않고 점원과 이야기를 나누며 모자를 써 보고 있었다.

"모자는 이미 많이 있잖아."

나는 불편한 심기를 아버지 등에 내리꽂았다.

순간 점원도 아버지도 나를 힐끗 쳐다보았지만, 이내 아무 일도 없었다는 듯 다시 대화로 돌아갔다. 나는 속으로 혀를 찼다. 딱히 할 일도 없고 심심해서 유리 케이스를 들여다보고 있는데 거기에 『긴자햐쿠텐』이 있었다. 얼른 한 권을 가방에 넣었다. 도둑질을 한 것도 아닌데 누가 볼까 싶어 조마조마했다. 그런 나 자신에게 화가 났다.

볼일도 다 봤으니 얼른 나가려고 가게를 나서는데 엘리베이터 앞에서 그 유복한 노부부와 경박한 여자아이 가족과 맞닥뜨렸다. 쇼핑백을 든 점원이 엘리베이터 앞에서 그들을 공손하게 배웅하고 있었다. 우리 부녀는 무언의 합의하에 계단을 선택했다. 한 발 내딛는 아버지의 발걸음이 불안해 보여 슬며시 팔을 잡았다. 가게를 나오자 아버지가 입을 열었다.

"너한테 폐를 끼치는 게 미안해서 이제 그 집에서 나오려고 한다."

이건 또 무슨 말? 농담은 이제 그만하시고!

그 집은 내가 백만 엔이 넘는 일 년 치 집세를 지불하고 작년에 계약하지 않았나. 좀 더 작은 집으로 이사 가겠다고 기특한 표정으로 말하지만 이사하는 편이 돈이 더 든다. 이렇게나 무계획이니 아버지는 모스 그린 노신사가 될 수 없다.

'내가 할 수 있는 만큼은 할 테니까 제발 이사는 참아 주라.' 속으로 부탁하고 있는데 아버지의 이야기는 눈 깜짝할 새에 맨션 구입이라는 거대 프로젝트로 발전해 있었다. '폐를 끼치네 어쩌네, 미안하네 어쩌네' 했던 기특한 이야기는 맨션 구입 프로젝트를 위한 기초 작업이었던 건가….

월세가 아까우니까 이사한다는 것부터 맨션을 사아겠다는 말까지, 이야기 전개는 놀라울 정도로 순식간이었다. 이 남자의 습성은 완벽하게 파악하고 있다고, 너무 뻔해서 예측이 가능하다고 자만하고 있었는데, 난 아직 멀었다. 물론 맨션을 살 능력도 안 된다. 도대체 도쿄 도심에 있는 맨션을 어떻게 사냐고!

저녁밥을 먹기에는 좀 일렀지만 아버지가 『긴자햐쿠텐』을 읽고 싶다고 해서 닭꼬치를 먹으러 갔다. 테이블에 앉자 아버지는 소스 닭꼬치 세트와 조개관자가 들어간 솥밥을 주문했다. 그리고 『긴자햐쿠텐』의 격자무늬 표지를 넘기더니 고개를 숙이고 꽤 열심히 읽는다. 아버지가 주간지나 신문 말고 활자를 읽는 모습은 처음 보는 것 같다. 꽤 신선한 광경이다.

닭꼬치가 나왔는데도 아버지는 얼굴을 들 낌새도 보이지 않았다.

"글자가 너무 작아?"

"아니, 몇 번이고 반복해서 읽고 있어. 네 엄마 얘기가 나오니까."

밉상이다. 내 쪽은 쳐다볼 생각도 하지 않는다.

꼬치를 손에 잡고 읽다가 아니나 다를까 우려했던 일이 일어났다. 소스 묻은 꼬치를 책에 떨어뜨렸다. 그것도 내 얼굴 사진이 나온 페이지 위에.

"아, 내가 이럴 줄 알았어!"

아버지가 연극배우처럼 외치더니 고개를 들고 내 얼굴을 쳐다본다.

아버지, 그거 내 대사라고요.

돌아가는 길에 와코和光, 긴자에 있는 백화점 건물 옆을 걷고 있는데 옛날이야기가 시작되었다.

"GHQ는 한국 전쟁 때 더 대단했어. 와코도 미군 PX였어. 어디든 바로 징발했지."

나는 아무 말 없이 아버지의 다음 말을 기다렸다.

"그때 미군들이 많이 다녔지. 일본인을 놀리고 심지어 스기야바시 다리에서 떨어뜨린 적도 있었어. 전쟁이 끝난 후 이야기야. 그런 일을 당해도 그냥 가만히 있었어, 일본인들은."

이야기의 진위는 접어 두고 아버지는 약간 화를 내고 있는 것처럼 보였다.

"여자는 말이야, 입술을 빨갛게 칠하고 미군 팔에 매달려서 걷는 애들도 있었지. 시골티가 덜 가신 여자들은 특히 더 화장을 진하게 하곤 했어."

어쩜 이렇게 심한 말을 하는 건지. 나는 미간을 찡그렸다.

"먹을 것도 없고 팔 것도 없고, 그러면 몸을 팔지. 여자는 힘들었어. 양공주를 해서 가족을 건사했던 슬픈 시대였어."

아버지 말을 들어 보면, 매춘부과 일반 여성 사이에 확실하게 그어져 있던 경계선이 사회 흐름에 따라 점차 희미해졌던 것 같다.

"그런 분위기에 익숙해지지 않는 사람도 있었을 거야…."

작은 목소리로 아버지는 말했다.

"나중엔 다들 누군가와 결혼하거나 술장사를 했지. 뭐, 그땐 남자도 힘들었어."

아버지 얘기 중 어디가 '남자도 힘들었다'에 해당하느냐고 묻고 싶었다. 아버지 의도는 이해했지만 동의해서는 안 된다는 생각이 들어 팔꿈치로 쿡 찔렀다.

당시 아직 어렸던 아버지의 기억은 들은 것과 본 것이 뒤섞여 있었다. 그러나 가족을 건사하기 위해 차려입은 여자들이 이 거리를 걷고 있었던 것만은 사실이다.

"자신 주변에 그런 사람이 없는 경우에는 일방적으로 양색시를 매도했지만 그 때문에 먹고살 수 있었던 사람들은 감사하게 생각했어. 우리 동네에도 있었어. 누나가 양색시였던 이가."

안타깝지만 아버지는 입이 걸고 나이에 걸맞은—이런 표현이 적절한지 의문은 들지만—편견도 가지고 있다. 공공장소에서 황급히 아버지 입을 틀어막아야 했던 적도 있다.

그러나 아버지는 절대로 단칼에 사람을 판단하지는 않는다. 각자 사정이 있다는 것을, 어릴 때부터 직접 봐 왔기 때문이다. 간혹 이해할 수 없는 편견에 사로잡혀 있기도 하지만 개인의 사정을 존중할 줄도 안다. 어떤 거대한 이념보다는 임기응변으로 대처해야 하는 현실의 삶을 존중할 줄 안다고 해야 할까. 그런 게 아버지 스타일이다.

중학생 시절부터 아버지는 미국으로 유학 가라며 나를 부추겼고, 어머니는 필사적으로 막았다. 아버지는 끔찍한 전쟁을 경험했기 때문에 오히려 적국에 뛰어들어 성장하라고 말하고 싶었는지도 모른다. 전쟁에서 아버지가 배운 것은 전쟁은 '절대 악'이라는 것, 그리고 전쟁이 끝난 후 아버지가 배운 것은 무조건 살아남는 것이 '최고'라는 것.

"아, 긴자가 점점 긴자가 아니게 되는 것 같네."

석양을 뒤로하고 아버지가 중얼거린다.

미니 트럼프

이런 맙소사! 트럼프가 미국 대통령이 되다니!

오전 속보에서는 힐러리 열세가 '의외의 일'로 전해졌다. 그러나 오후가 되어도, 저녁이 되어도 판세가 뒤집히는 일은 없었다.

나는 정치에도 경제에도 별 관심이 없다. 일미 관계의 향후 전망을 예측할 능력도 없고 트럼프의 진짜 정치 수완도 간파하지 못한다. 그러나 인종 차별적, 남녀 차별적, 배타주의적 발언을 쏟아 내는 남자가, 내가 너무나 좋아하는 국가의 새로운 수장으로 결정된 것만은 받아들이기 어려웠다.

아버지가 권유하는 바람에 미국에 흥미를 느낀 나는 스무 살에 유학을 떠났다. 일 년짜리 짧은 유학이었는데, 그걸로는 왠지 부족해 한 번 더 가고 싶다는 마음이 이십 년이 지나도록 사라지지 않는다. 미국은 내가 동경하는 나라다. 다행히도 내가 머물던 주가 공화당을 상징하는 빨간색으로 물들지는 않았지만 그래도 가슴이 답답해진다.

듣기 거북한 폭언을 반복해 온 인간이 있는데 "그런 사실은 잘 안다. 하지만 다른 한 명보다 낫다."라고 선택한 미국 유권자들이 이렇게나 많았다는 사실에 나는 기가 꺾였다. 입이 거친 동네 아저씨가 이발소에서 내뱉는 정치 수다가 아니다. 한 국가를 대표하는 얼굴을 결정하는 선거다.

진심이 받아들여졌다지만, 관용성에 관한 진심 같은 건, 자신이 만족하느냐 아니냐에 따라 쉽게 바뀌기 마련이다.

진심을 가볍게 여겨서는 안 되지만 잘 살아가기 위한 신조보다 우선해야 한다고 생각하지는 않는다. 무엇보다도 이 진심인지 뭔지 하는 것이 악이라고 간주하는 요인을 배척했다 해서 반드시 자신이 만족할 수 있는 건 아니다.

누구나가 편견을 가지고 있다. 나도 매일 편견에 얽매이기 때문에 스스로와 싸울 때가 많다. 하지만 특정 계층을 싸잡아 다르게 취급하겠다고 공언하는 사람을 인정할 수는 없다. 이렇듯 마음의 경계선에서 싸우고 있는 나와 달리 미국 유권자들은 손쉽게 감정이 지배하는 쪽으로 가 버린 것 같아 안타까웠다.

자려고 침대에 누웠는데 힐러리가 패배 연설을 시작했다.

"어린 소녀들에게. 여러분은 소중한 존재입니다. 힘이 있습니다. 세상에 존재하는 모든 기회를 형상화할 만큼 가치가 있는 존재입니다. 결코 자기 자신을 의심하지 마십시오."

남의 나라 일인데도 눈물이 흘렀다. 패배가 결정되고 나서 확산된 얘기가 머리에서 떠나지 않았다. 만약 힐러리가 남자였다면, 만약 트럼프가 여자였다면.

패인이 남녀 차별에 있었다고 오도하는, 교활한 힐러리다운 연설이라고 빈정대는 사람도 있다. 나 역시 힐러리가 여자였다는 사실이 패배의 주요 원인이라고 생각지 않는다. 그러나 원인의 일부가 아닐까 하는 의심이 마구 솟아나는 것은 멈출 수가 없다. 하지만 성별 탓으로 돌리고 싶지 않다고!

'남자로 태어났더라면' 하고 생각할 정도는 아니지만, 남자라면 그렇게까지 세심하게 주의하지 않아도 괜찮은 상황이 있기는 하다. 내가 아는 한 젊은 여성은 자기주장이 매우 강한 편인데, 이런 모습이 때로 환영을 받기도 하지만 이 때문에 역풍을 맞기도 한다. 확실히 여자들은 주장을 내세울 때 신경을 쓸 필요가 있다. 물론 남자들도 그들만이 받는 사회적 압박이 있다. 그 부분은 남자든 여자든 마찬가지다. 부당하게 득을 보고 있는 것은 일부다. 알고 있다. 하지만….

약한 자신의 초라한 솔직함에 사로잡히지 않도록, 올바르게 살기 위한 신조를 가슴에 새기며 잠을 청했다. 하지만 몇 번이나 도중에 잠을 깼다. 여기와 달리 자유로운 여성이 자유롭게 살 수 있는 나라. 그 꿈에서 깨어난 것 같은 기분이 들었다. 유학을 하던 시절 나는 여자다움 따위 한 번도 신경 쓰지 않고 자유롭게 살았고 그 쾌감을 지금도 잊을 수 없고 잊히지도 않는다.

요즘 한밤중에 자주 잠에서 깬다. 잠을 푹 자지 못한다. 어떨 땐 하룻밤에 두 번씩이나 일어나 따뜻한 차를 마시며 어두운 거실에서 아직 날도 밝지 않은 하늘을 멍하게 쳐다보곤 한다. 예전에 어머니가 잠을 자는 데도 체력이 필요하다고 했었다. 나도 이제 그 나이가 된 것이다.

안 그래도 어머니는 한번 잠에서 깨면 다시 잠을 청하기 어려워하는 사람인데, 저녁 늦게 집에 돌아온 아버지가 시끄럽게 구는 바람에 수면 부족에 시달리곤 했다. 어머니가 아침에 커피를 내리면서 푸념을 하던 것도 그 때문인지 모른다.

당시 아버지는 어디를 그렇게 돌아다니는지 거의 매일 한밤중에나 귀가했는데, 심야에 차고 열리는 소리가 벽을 타고 들려오곤 했다. 아버지의 귀가를 알리는 신호였다. 아버지는 집에 들어

오면 현관에서 신발을 벗고 차 열쇠를 탁 하고 신발장 위 접시에 올렸다. 계단을 걸어 올라와 그대로 거실에서 잠시 TV를 보기도 하고 침실로 직행하기도 했다.

잠옷으로 갈아입고 나면 아버지는 반드시 화장실로 간다. 내 방 건너편에 화장실이 있었기 때문에 뿡 하는 방귀 소리까지 다 들렸다. 화장실 책 선반에는 『카 그래픽』, 『골프 다이제스트』 같은 잡지가 놓여 있었다.

배설과 독서를 즐긴 후 세면대로 간다. 쏴 하고 물을 틀어 두고 얼굴을 씻고 이빨을 닦는다. 아버지는 청결함 이상 결벽증 미만의 성격으로 사각형 테이블은 절대로 원을 그리며 닦지 않을 정도다. 아버지는 얼굴을 씻고 나면 물투성이 세면대를 마른걸레로 구석구석 깨끗하게 닦는다. 거울도 반짝반짝 광을 낸 다음 그 거울을 쳐다보며 화장수를 손에 덜어 얼굴에 탁탁 바른다.

여기까지가 늘 하는 저녁 의식으로 귀가하고 나서 족히 한 시간 정도는 잡아먹는다. 그리고 나서 침대에 들어가, 잠들어 있는 어머니는 눈곱만큼도 신경 쓰지 않고 TV를 켠다. 소리도 그렇지만 따끔거리는 화면의 빛이 정신 사납다고 엄마는 한숨을 푹푹 쉬곤 했다.

밖에서 돌아다니다가 늦게 집에 오는 아버지의 기상 시간은 다음 날 아홉 시경이다. 학교 가 있는 평일에는 내가 집에 없고 주말에는 아버지가 골프 치느라 아침 여섯 시에 집을 나서니 나와 마주칠 일이 없다. 그 시간에 난 침대 속 꿈나라에 가 있으니까.

아버지가 나와 얼굴을 마주하는 날은 골프 약속이 없는 날이다. 만나면 반드시 "아이쿠, 우리 귀염둥이. 뭐 가지고 싶은 거 없어?", "용돈 줄까?"라고 묻지만 물욕이 별로 없는 나는 늘 "필요 없어."라고 대답했다. 그러면 아버지는 과장되게 한숨을 쉬고 "너는 가지고 싶은 게 없어서 재미없어."라며 심드렁한 반응을 보였다. 어른이 된 지금도 나는 남에게 뭔가를 받고 그 대가로 애교를 부리는 일에 서툴다. 상대방이 원하는 감사의 표현을 과잉으로 방출하는 건 정말이지 체질적으로 불가능하다.

트럼프가 승리를 선언한 다음 날, 나는 일하는 곳에서 아버지에게 전화를 했다. 아버지의 오랜 친구와 식사를 하게 되어 날을 정하기 위해서였다.

사람 앞에 나서는 일을 시작하고 난 후 몇 년 동안 나는 아버지에게 비밀로 하고 있었다. 아버지한테 들키고 나서도 창피한 나머지 남한테는 절대 말하지 말라고 부탁했지만, 아버지는 그딴 거 난 모른다는 듯 여기저기 조금씩 흘리고 다니는 것 같다.

"완전 실패야! 휴대전화 괜히 바꿨어!"

전화를 받은 아버지는 기분이 썩 좋지 않았다.

얼마 전 아버지는 저가 통신사로 갈아탔다. 비싼 기본 요금이 마음에 들지 않았던 모양이다. 아버지 나이에 전화번호를 바꾸는 건 그리 권장할 만한 일이 아니었지만 나한테 물어보지도 않고 해약을 해 버렸으니 내가 가타부타할 겨를도 없었다. 역시 전화가 안 온다며 부루퉁해져 있었다. 새 번호를 몇 명에게만 알려 줬으니 당연한 거 아닌가. 즉흥적으로 행동하고 바로 후회하며 화를 내는 것이 아버지의 특기다.

"약속이 비어 있는 날은 5일과 12일…, 그리고 15일도 안 되고…, 다른 날은 괜찮아."

수첩을 보면서 말했다.

아버지는 "그래, 그래. 알았어." 대답은 시원시원하게 잘하는데 어째 메모를 하는 것 같지 않았다.

"아버지, 잘 적어 뒀어?"

"아니."

"왜?"

"외울 수 있어."

"믿을 수 없어!"

"종이가 없어."

입씨름 끝에 드디어 아버지가 펜을 쥐게 만들었다.

"있잖아. 아버지가 트럼프한테 위로를 받는다는 둥 그런 말을 하니까 대통령이 되어 버렸잖아."

아버지에게 작은 화풀이를 했다.

"당연하지. 나는 처음부터 트럼프가 될 줄 알았어. 나라면 트럼프에게 투표하지. 너, 설마 힐러리였어?"

전화를 하며 열어 본 페이스북에는 미국 친구들이 탄식하는 글이 잇달아 올라오고 있었다. 일본 친구들 중에도 트럼프 지지자는 전혀 없었다.

이번 선거만큼 국민 간 분열이 확연했던 선거는 없었다는 분석이 주류지만 설마 가족 중에 트럼프 지지자가 있었을 줄이야. 등잔 밑이 어둡다는 게 이런 건가.

"트럼프는 머리가 좋아. 저거 전부 작전!"이라고 아버지가 말했다. 작전이든 아니든 간에 유색 인종 여자로서 간과할 수 없는 발언이 너무 많다고 내가 받아쳤다. "국민의 세금으로 벽을 만드는 것은 당연하다.", "힐러리는 월가로부터 거액의 정치 헌금을 받는 나쁜 녀석이다." 등등 아버지가 트럼프를 옹호하고 힐러리를 까는 발언을 마구 뱉어 냈다. 미니 트럼프다. 차별 발언이라는 걸 의식하지 못하는 것 같아서 더 화가 났다.

"아버지! 아버지는 나 같은 사회 복지 기관을 둔 덕분에 노후를 잘 보내고 있잖아! 나는 아버지를 위한 '오바마 케어'야"

험한 말이 목구멍까지 치밀어 올라왔지만 동거인이 "칼집에서 빼면 무조건 베일 수밖에 없는 칼은 빼지 않는 법"이라고 극구 말리는 바람에 그냥 삼켰다.

불과 십 년 전만 해도 아버지는, 막 던지고 보는 극우 인사이자 도쿄도 지사였던 이시하라 신타로와, 요미우리 신문 그룹 대표이자 전쟁 반대와 야스쿠니 참배 반대를 주장하는 와타나베 쓰네오를 휘리릭 섞어 놓은 듯한 남자였다. 그러고 보니 중학교 때도 비슷한 말싸움을 하다가 아버지가 나를 '빨갱이'라고 부른 적도 있다. 하지만 나는 나 자신을 극단적인 진보주의자라고는 생각하지 않는다. 오히려 진보적인 친구들로부터 자본주의를 지나치게 중시한다며 배척당하는 경우가 많다. 그래도 러스트 벨트가 된 아버지가 보기엔 상당히 진보적인 편이다.

"와, 놀라워. 네가 합리적 사고를 못 하다니."

연기를 하는 듯한 목소리다. 사람 속을 박박 긁어 놓을 때 주로 사용하는 아버지의 상투적인 수단이다. 저런 도발에 반응하면 안 된다고 잔뜩 경계하면서 물었다.

"힐러리가 남자라도 졌을까? 트럼프가 여자였다면?"

"그래도 당연히 트럼프지! 트럼프가 여자였다면 더 인기가 있었을 거야. 아무래도 여자라고 하면 좀 유화한 느낌을 주니까…."

"왜 여자는 그래야만 인기가 있냐고!"

"힐러리도 마지막까지 안 울고 열심히 했어. 장해."

"장하다니? 여자는 울보라고 생각하는 거야?"

이런 식으로 말하면 아버지는 갑자기 벽을 쳐 버린다. 성별에 관한 이야기를 아주 싫어한다. 관념론자는 더 싫어한다.

"여자는 울보라고 생각 안 해! 여자는 그렇게 단순하지 않지! 너를 포함해서 말이야!"

휴대 전화에서 아버지의 큰 목소리가 밖으로 새어 나온다. 옆에 있던 동료가 참지 못하고 웃음을 터뜨렸다. 아버지의 큰 목소리를 듣고 '여전히 기세등등하군.' 하는 안도감이 들기도 했다.

"밥값은 네가 내라."

"그만해. 날 사자 갈기 취급 말라고."

무슨 신용 금고 광고였던가? 신용 카드를 지나치게 사용하면 위험하다는 내용의 포스터가 떠올랐다. 거기에는 신용 카드 수십 장을 갈기처럼 목에 두른 탓에 자신을 사자라고 착각하는 고양이 일러스트가 그려져 있었다.

"아버지는 말이야, 고양이야."

"요즘 갈기는 탈부착이 가능해."

아버지, 갈기를 뗐다 붙였다 했던 건 아마존 프라임이 했던 광고야. 게다가 거기에 등장했던 건 고양이가 아니라 개라구. 아버지를 위한 프라임 서비스는 정중히 거절하고 싶다.

배배 꼬인 부녀지만 내가 정치적 올바름을 배울 수 있었던 기회는 고졸 아버지가 열심히 일해서 번 돈 덕분에 찾아왔다. 아버지한테는 아이러니한 일이지만 나는 진심으로 감사하게 생각하고 있다.

"너는 잘 지내지?"

"잘 지내."

"그럼 됐다."

"끊을게."

전화를 끊고 트위터를 보니 러스트 벨트 중 하나인 미시건주 출신 마돈나가 "불타오르네. 우리들은 결코 포기하지 않는다. 결코 굴복하지 않는다."라고 트윗을 날리고 있었다.

그래, 그래야지. 역시 나는 미국이 좋다.

도쿄 출신의 도쿄 잘알못

없다. 어디를 둘러봐도 없다. 눈을 뗀 건 단 몇 초였는데 아버지가 사라졌다. 전화를 걸어도 안 받는다. 찾으러 갈까? 아니다. 아버지가 나를 찾아 이리로 올지도 몰라서 이곳을 뜰 수는 없다. 넓적부리황새 우리 앞에서 넓적부리황새처럼 계속 꼼짝없이 서 있을 수밖에 없다.

나는 계획이 있었다. 어릴 때는 할 수 없었던 '부녀간 다정스레 정 쌓기' 같은 걸 시도해 보는 것이다. 어른이 된 지금 일부러 그런 걸 하면 자신도 모르게 눈물샘을 자극하는 에피소드가 만들어질 게 분명하다. 빠짐없이 메모해 두면 그럭저럭 원고지를 채울 수 있다.

2016년의 섣달은 너무 바빠서 침착하게 앉아서 뭘 할 수 있는 여유고 나발이고 생각도 못 할 정도였다. 그렇다고 해서 성묘 이야기만 재탕해 쓰는 건 나도 지겹다. 다소 비열한(?) 방법이기는 하지만 '아이가 처음으로 심부름을 가면 반드시 다양한 드라마가 생긴다'라는 콘셉트로 이번 동물원행을 장식해 보기로 했다.

오랜만에 찾아온 기회를 살려 아이와 새내기 아빠가 하듯 유원지나 동물원으로 가 보기로 했다. 나는 올해 들어 우에노 동물원을 네 번이나 다녀왔다. 방문한 이유는 제각각이지만 그때마다 참 즐거웠다. 조류도 많아 새에 빠져 있는 아버지를 데리고 가면 틀림없이 좋아할 것이다.

어릴 때 아버지와 함께 우에노 동물원에 갔던 기억은 없다. 이번이야말로 절호의 기회다. 우에노 동물원으로 가자. 흥미를 보이지 않는 아버지를 어르고 달래서 토요일 낮에 만나기로 겨우 약속을 잡았다. '강요에 의한 동행'이라고 아버지가 항의해도 할 말은 없다.

우에노 동물원은 이케노하타문으로 들어가 서쪽 구역을 먼저 보면 좋다. 정문에서 동쪽 구역으로 들어가면 제일 처음 판다가 나와서 많은 사람이 그 코스를 잡기도 하지만, 하이라이트를 먼저 봐 버리면 김이 팍 새는 뭐 그런 느낌을 지울 수 없어서 나는 판다 구경을 마지막으로 남겨 둔다.

　토요일, 서둘러 외출 준비를 하는데 15분 정도 늦을 것 같다는 전화가 왔다. 이유를 찬찬히 들어 보니 어지러워서 걸을 수가 없단다. 그러니 도착하면 뭔가 좀 사 달라고 약한 소리를 하며 전화를 끊는다. 늘 달고 사는 저혈당이다.

　약속 시간에서 딱 15분 늦게 아버지가 나타났다. 당당하게 택시를 타고서 말이다. 휘청거리는 걸음걸이에 새빨간 가죽 재킷이 언밸런스하면서 해학적이다. 일단 달달한 음식을 먹으면서 상태를 보기로 하고 역 앞 카페로 들어갔다.

　아버지는 밀크티와 핫케이크, 나는 브랜드 커피를 주문했다. 아버지는 가엾게도 카페에 들어와서도 기운이 없어 보였다. 오늘은 이대로 집까지 데려다주는 게 좋을 것 같다는 생각이 든다.

이런 몸 상태로는 감동이고 뭐고 없겠어….

그런데 잠시 후, 아버지는 먹음직스러운 핫케이크에 버터를 잔뜩 발라서 한 입 먹었다. 그리고 이번에는 번쩍거리는 메이플시럽을 한가득 뿌린 다음 포크로 핫케이크를 작게 잘라서 먹었다. 묵묵히 버터와 메이플시럽 사이를 왕복하며 맛있게 먹는 아버지를 보니 식욕은 있는 것 같았다. 나는 안심하며 가슴을 쓸어내렸다.

"택시 기사가 말이야, 도쿄에서 태어나서 자랐다는데도 길을 전혀 몰라."

아버지가 최대 속도로 불평불만을 늘어놓았다.

"그거야 세타가야나 오기쿠보 사람이라면 이 주변 길은 모르는 게 당연하지. 우리도 그쪽은 잘 모르잖아."

"뭐, 그건 그렇지. 도쿄는 넓으니까."

하잘것없는 이야기를 하면서 시간을 보내는 동안 아버지 얼굴에 혈색이 돌아왔다. 어쩌면 '예정된 일'을 할 수 있을지도 모른다.

"아버지, 동물원 갈 수 있겠어?"

"아, 물론. 갈 수 있지."

좋은 일은 빨랑빨랑 해치우자. 일단 동물원에 들어가기만 하면 어떻게든 된다. 나는 후다닥 계산을 끝냈다.

카페를 나와 횡단보도를 건넜다. 아버지 발걸음이 경쾌했다. 이대로 큰길을 따라 오른쪽으로 가면 이케노하타문인데 아버지는 무슨 생각을 하는지 뒷골목으로 들어갔다.

"아버지, 입구는 이쪽이야."

"괜찮아, 괜찮아."

내가 손가락으로 가리킨 방향은 무시하고 총총걸음으로 앞으로 걸어간다.

'당 충전이 제대로 됐군!'

어릴 때부터 청년기까지 이 주변에 산 적이 있는 아버지는 그리움과 혈당치가 시너지 효과를 내면서 일종의 흥분 상태에 빠져 있었다. "이 주변은 옛날 그대로다.", "저쪽은 하나도 안 변했다.", "이 맨션에는 너도 알고 있는 누구누구가 옛날에 살았다." 등등 깨알 같은 정보를 줄줄 읊으며 안내했다. 기운을 차린 건 고맙지만 오늘의 목적지인 동물원 주변을 뱅글뱅글 돌기만 하면 이야기 진행이 안 된다. 동물원에서 가볍게 얻을 수 있는 에피소드에서 점점 멀어져만 간다.

꽤 예전 이야기지만 혼자 살려고 집을 알아볼 때 아버지가 "길이 좁으면 소방차가 못 들어가니까 안 된다.", "주변에 편의 시설이 없으면 살기 불편해서 안 된다." 이런 말을 해서 당황한 적이 있다. 같은 동네를 말하고 있나 싶을 정도로 아버지가 가진 이미

지는 1970년대에 멈춰 있다.

"다른 집 이야기가 밖에서 다 들린다니까. 서민들이 사는 모습이지."

1950~1960년대에 지어진 공동 주택 앞을 걸으면서 아버지는 혼잣말인지 내게 하는 말인지 애매모호하게 말을 한다. 추억의 거리를 산책하며 흐뭇해하는 아버지는 지금 아무런 연고도 없는 거대한 단지에서 살고 있어서 이런 삶과는 거리가 멀다. 젊었을 때의 흔적을 발견하고 기뻐하는 아버지를 보며 내가 흐뭇해하는 미소를 지어도 되는지 어떤지 판단이 안 선다.

삼십 분 정도 걸어 다니다가 겨우 동물원 입구에 도착했다. '이제 입장하는구나.' 싶었는데 이번에는 벤텐도 불당에 가고 싶다고 했다. 나는 마지못해 아버지와 함께 시노바즈노이케 연못으로 향했다. 아버지는 벤텐도 불당을 보자마자 탄성을 질렀다.

"벤텐도 불당이 이렇게 멋지게 변했다니! 잠깐 갔다 가자. 우와, 아버지가 어릴 때는 판잣집이었는데…. 저기는 말이야, 이쪽 연못과 저쪽 연못은 높이가 달라. 그래서 막고 있는 판자에 새우가 꽉 차 있었지. 아, 오리다! 갈색 오리밖에 없네. 청둥오리는 어디 갔나?"

아버지가 씩씩하게 걸어갔다. 생기 넘치는 아버지를 보며 이

것도 효도라면 효도인지 모르겠다는 생각이 들었다.

"청둥오리, 청둥오리." 주문을 외듯 걸고 있길래 이유를 물어보니 "청둥오리가 제일 맛있으니까."라는 노골적인 대답이 돌아왔다.

"이봐, 동물원 안 가도 되지 않나?"

걷는 데 지친 아버지가 벤치에 앉아서 내 눈치를 살폈다. 그렇게 말하지 않을까 하는 싸한 예감이 들기 시작했는데, 역시!

"당연히 안 되지. 이대로 돌아가면 원고를 쓸 수가 없잖아. 원고료를 생각해! 자, 가자고!"

"그런가? 돈을 위해서라면 가야지."

이게 첫 장면이다. 지친 아버지의 등을 밀면서 씩씩하게 동물원에 들어와 잠깐 지갑을 가방에 넣느라 고개를 숙였다가 들었더니 아버지가 사라져 버린 것이다. 동물원에 입장하자마자 미아가 된 노인이라니, 들어 본 적이 없다. 미아가 된 노인은 그렇다고 치자. 왜 난 또 넓적부리황새가 되어야 하냐고! 왜 우리는 맨날 이러는 거냐고!

짜증이 슬슬 밀려 올라왔지만 일단 아버지를 기다렸다. 오 분, 십 분…. 하지만 넓적부리황새는 아무래도 참을성 겨루기에서 미아 노인을 이길 것 같지 않다. 너무 지치기도 했고, 어쩐지 슬슬 움직이고 싶었는데 아이와 함께 온 가족이 "늘 라디오 잘 듣고 있어요!"라며 내게 말을 걸었다. 같이 사진을 찍자고 해서 처음에는 어머니와, 그다음은 부자와 같이 사진을 찍었다. 웃는 얼굴로 카메라를 향하면서도 눈은 주변을 스캔했지만 아버지는 안 보였다. 팬이라는 어머니 얼굴에 '혼자서 왔나?' 하고 쓰여 있는 듯해서 적당히 둘러대며 슬쩍 자리를 피했다가 다시 돌아와 보니 아버지가 와 있었다.

"아버지! 어디 갔다 왔어?"

"오카피 보고 왔지."

"뭐어어? 왜?"

"왜냐니? 보기 쉽지 않은 동물이잖아."

그게 아니라! 왜 날 내버려 두고 갔냐고!

동물원에서 아버지가 벌인 행동은 그야말로 예측 불가능 그 자체였다. 모노레일을 타고 싶다고 떼를 쓰고, 기린이나 하마 같은 동물을 보면서는 "저 녀석, 일억 엔 정도 할까?" 다른 사람들에게 다 들릴 정도로 조심성 없이 큰 소리로 말했다. 작은 야행성 동물들이 전시되어 있는 어두컴컴한 전시장에서는 선글라스를 쓴 채 "아무것도 안 보여."라면서 투덜댔다. 원했던 에피소드는 물론 건지지 못했고 '어릴 적으로 타임 슬립 작전'은 대실패로 끝났다.

그렇다고 나쁜 일만 있지는 않았다. 동물원은 더할 나위 없이 아름다운 계절을 맞이하고 있었다. 머리 위에서는 노란색 은행잎과 빨간색 단풍잎, 갈색으로 물든 느티나무잎이 살랑거리고 어디를 둘러봐도 자연 깊숙한 곳에 온 듯했다. 나도 기분이 점점 좋아져서 플라밍고, 참수리 같은 새를 배경으로 아버지 사진을 많이 찍었다.

판다가 있는 동쪽 구역은 가지 않고 그대로 동물원에서 나왔다. 노인 특유의 느린 걸음에 더해 섰다가 갔다가를 반복하는 아버지에 맞추다 보니 내 발과 다리는 근육통 전조 증상을 보였다.

"배가 고프네."

제대로 몸을 가눌 수 없을 정도로 기력이 없었던 게 진짜였던 걸까 싶을 정도로 몸을 꼿꼿하게 세우며 아버지가 배고픔을 주장했다.

"유시마까지 걸어가서 이센#泉, 돈가스 전문점 이름 돈가스라도 먹을까."

"오, 그거 좋네. 너도 기억하고 있지?"

기억하다니? 아버지가 무슨 말을 하지는 몰라서 고개를 갸우뚱거렸다.

관광지에 있는 유명한 가게라는 건 알고 있는데, 거길 왜 내가 기억하고 있어야 하지?

"까먹었어? 아, 어려서 기억이 안 나나 보네. 이센 주인장이랑 우리, 같은 맨션에 살았어. 너랑 자주 놀고 그랬는데."

그 맨션에 살고 있었을 때 나와 자주 놀아 준 어른이 많았다. 아버지 말에 따르면 그중 한 명이 이센 창업자 가족이었다고 한다.

오래된 곳답게 멋스러운 노렌_{상점 입구의 처마 끝이나 점두에 치는 천}이 늘어져 있는 가게 안으로 들어갔다. 내부가 낡기는 했지만 깨끗하게 관리되어 있었다. 이른 시간이라 그런지 아직 빈 좌석이 있었다. 아버지는 등심 돈가스 정식을, 나는 안심 돈가스 정식을 시켰다.

가게 안쪽에서 기모노를 입은 여성이 나오다가 아버지를 발견하고는 무척 반가워했다. 그리고 이어서 나를 보고서 깜짝 놀란 표정을 지었다. 나는 기억을 못 하지만 여성은 나를 알고 있는 것 같았다.

"어마나, 세상에! 너무 오랜만이다. 언제 이렇게 컸대!"

처음에는 도저히 생각이 나지 않았다. 하지만 기품 있는 얼굴을 잠시 가만히 보고 있자 기억의 저편, 아주 깊숙한 곳에서 여성의 옛 모습이 아지랑이처럼 뭉게뭉게 솟아 올라왔다.

'나 알아. 이 사람, 알고 있어.'

맨션의 길고 좁은 콘크리트 복도가 띄엄띄엄 떠올랐다. 그래, 이 사람, 이시자카 씨네 언니다.

도쿄에서 나고 자랐더라도 도쿄는 넓어서 모르는 곳 천지다. 속속들이 잘 알고 있는 곳조차 쉬지 않고 표정을 바꾸고 몰래 골목에 자취를 남긴다. 옛 모습을 확인하려고 더듬어 보지만 회귀해 버리고 결국에는 원래 있던 그 자리에 못 박혀 버린다.

어디를 가도 '넌 이 동네 사람이다.' 동네가 그런 말을 하는 것 같은 기분이 들었다.

ㅐ 씨

"남자는 말이야, 약한 모습을 보이고 싶지 않아서, 나이를 먹으면 친구를 잘 만나지 않아."

ㅐ 씨 부부와 긴자에서 스키야키를 먹을 때, 아버지가 혼잣말처럼 중얼거렸다. 웬일이람. 평소에는 '남자란 말이야'라든지 '여자는 말이지' 같은 대사는 읊지 않는데….

남녀는 이래야 한다는 것, 그렇게 사회적으로 정해진 것에 구애받지 않는다는 고상한 이야기가 아니다. 단지 삶의 미학을 남자와 여자로 구분 지어 표출하지 않을 뿐이다. 이것도 아버지 스타일이다.

아버지의 오랜 친구인 H 씨는 아버지보다 약간 나이가 많은 남자다. 칠복신 중 한 명인 에비스를 닮아 풍채가 넉넉한데, 늘 싱글벙글 웃으며 말한다. 아버지뿐 아니라 어머니와 나도 참 신세를 많이 졌다. 마지막으로 뵌 것이 H 씨 어머님 장례식 때였다. 그로부터 칠 년이나 지났다니…. 내 무심함과 못남에 부끄러워졌다.

"바쁜데 초대에 응해 줘서 고마워. 활약상은 아버지께 많이 듣고 있어. 이렇게 만나니 참 좋네."

식당에 먼저 도착할 생각으로 서둘러 왔는데 H 씨가 이미 와서 기다리고 있었다. 일부러 일어서서 자식보다 나이가 어린 내게 정중하게 인사했다. 풍채 좋은 모습은 예나 지금이나 변함없다. 그리고 노후를 여유롭게 보내고 있다는 것을 한눈에 알 수 있었다.

딸의 독단과 편견이지만 아버지 친구들은 두 부류로 나눌 수 있는데, 젊은 날의 아버지와 마찬가지로 잘 놀고 야심이 많은 양아치 타입이 있고, 아버지와는 정반대로 신중하고 교양 있는 신사 타입이 있다. H 씨는 후자다.

집 아래층이 아버지 사무실이었던 탓도 있지만 어릴 때부터 아버지 친구를 자주 만났다. 거실에 전자동 마작 테이블을 놓아두었던 때가 잠시 있었는데 그때는 밤마다 사람들이 집에 모여

들어 좌르르르 딱딱딱딱, 또 좌르르르 딱딱딱딱 하며 마작을 하는 통에 정말 시끄러웠다. H 씨가 그곳에 있었던 적은 한 번도 없었다.

지금껏 아버지와 연락을 하고 있었다니 그저 고마울 따름이다. 아버지에게는 학생 시절의 순진한 친구는 없고, 야심가이자 양아치에 속하는 사람들은 세월과 함께 하나둘 사라져 버렸다.

맛있는 음식에 좋은 옷 입고 멋진 자동차 타고 다니며 온갖 위세를 떨던 빼질빼질한 중년 남자들은 큰병을 얻었거나 이혼을 했거나 장사를 접었거나 했다고 들었다. 가끔 모 씨의 근황을 물으면 아버지로부터 풀이 죽은 대답이 돌아오게 된 것도 최근 십 년간 있었던 변화다. 연락이 끊어져 소식을 알 수 없는 사람도 있지만, 어쩌면 아버지도 다른 곳에서는 그런 사람이 되어 있을지 모른다. 약한 모습을 보이고 싶지 않아 친구와의 연을 끊는 것이 남자라면, 말이다.

얼마 전 아버지가 H 씨를 만났을 때 내 얘기를 했다는 말을 들었다. 뭐 하고 있냐고 묻길래 글도 쓰고 라디오도 하고 있다고 했더니 H 씨가 문학잡지 『나미波』를 가져와서는 페이지를 펼쳐 보였다고 한다. 우연이지만 나는 『나미』에 연재 중이었고, H 씨는 『나미』의 애독자였다. 지금까지 내가 쓴 글을 즐겨 읽었다며 기뻐하는 H 씨. 내가 쓴 글을 줘도 잘 읽지 않는 아버지와는 달라도 너무 다르다.

그때 오랜만에 밥이라도 한 끼 먹자는 말이 나와 오늘 이 자리를 마련했다고 한다. 그렇게 해서 우리 부녀와 H 씨 내외가 만나 맛있는 스키야키를 먹게 된 것이다.

H씨는 내 활동을 거의 다 알고 계셔서 대화 중간에 본인의 감상도 말씀해 주셨고 질문도 하셨다. 사실 그런 관심은 상상 이상이어서, 아니 정확하게는 상상도 하지 못했던 것이라서 정말 기뻤다. 뭐랄까, 가슴은 점점 따뜻해지고 명치에 꽉 막혀 있던 것이 내려가는 느낌이었다.

…그래, 난 아버지한테 이런 마음을 원했던 거야.

누군가에게 소중하게 여겨지고 있다는 것은 그 무엇과도 바꿀 수 없는 행복이다. H 씨께 감사의 말을 전하자 아버지가 "H 씨네는 옆집이 책방이라서 그래."라며 질투 비슷한 소리를 툭 던진다.

딸의 책을 대량으로 구입해서 사람들에게 나눠 주는 일 같은 건 절대 하지 않고, 내가 뭘 해도 그냥 수수방관하는 아버지지만, 그래도 나는 늘 감사히 생각하고 있다. 너무 가깝지 않게, 그렇다고 또 너무 멀지도 않게, 그때그때 상황에 맞춰 주기를 바라는 것은 욕심일지도 모른다. 물론, 우리 부녀는 배려와 다정함이 깃든 시선을 보내 주길 서로에게 바라는 구석이 있긴 하지만.

애피타이저를 먹고 나자 H 씨 부인이 가방에서 사진을 몇 장 꺼내 테이블에 놓았다. H 씨 부부와 아들, 그리고 아버지와 어머니가 찍혀 있었다. 부인은 부드럽고 다정한 목소리로 사진에 얽힌 이야기를 전해 준다.

"아버지가 운전해서 다 같이 가와즈 나나다루 폭포에 갔었어. 네가 태어나기 전에."

사진 속 아버지와 어머니는 참 젊다. 가족이라 이런 말을 하기는 좀 뭣하지만 둘 다 선남선녀에 스타일도 좋고 날씬해서 도저히 사진 속 사람들이 내 친부모라고 믿기지 않았다.

어렸을 때 한밤중에 잠이 깨서 아래층에 내려갔는데 아버지와 어머니가 내 이야기를 하고 있었다.

"우리 자식인데, 쟤는 왜 코가 낮을까?"

그야말로 그건 내가 묻고 싶다. 그때 나는 제대로 삐쳐서 씩씩거리며 방으로 돌아갔다. 어른이 되면서 코가 약간 높아지긴 했지만 여전히 낮은 편인 데다가 두툼하기까지 해서 영 마음에 들지 않는다.

맛있는 메인 요리를 먹으며 난 아버지 근황을 꼬치꼬치 전달

했다. 중요한 일들은 H 씨 부부도 몰랐던 모양이어서 아버지 뒷이야기는 저녁 식사에서 소소하지만 양념 역할을 톡톡히 했다. 아버지는 내 말을 막거나 하지 않았다.

H 씨 부부와 얘기하면 할수록 아버지와 너무 비교가 되는 건 어쩔 수 없다. 아버진 대충대충의 표본, H 씨 부부는 성실함의 표본 그 자체다.

"H 씨 같은 분이 왜 아버지와 계속 만나시는 거예요?"

내 물음에 H 씨는 에비스같이 얼굴 가득 미소를 지으며 나를 바라봤다.

"내게 없는 걸 가지고 있으니까. 대담하고 에너지 넘치고. 아버지는 장사로 성공하려는 열의가 대단했어. 볼 때마다 출세와 성공을 거듭하고 있었지. 난공불락인 백화점 계약도 따내고 말이야."

"맞아. 그때는 회사 명의로 된 은행 계좌가 없으면 거래도 못했지. 나만 개인 계좌로 계약을 했어. 영업부에 날 좋게 본 사람이 있었거든, 나만."

아버지가 의기양양하게 한마디 거들었다. 아버지 회사가 오랫동안 거래하던 백화점은 꽤 컸다. 영세 기업이 신규로 거래를 틀수 있는 상대가 아니었고, 더구나 개인이 거래를 튼다는 건 더욱 생각하기 어려운 일이었다.

믿어 준 사람의 기대에 부응하려고 열심히 일하는 것이 아버지의 방식이다. H 씨 이야기를 들으며 젊은 시절의 아버지와 같이 일해 보고 싶다는 마음이 들었다.

"아버지를 한번 마음에 들인 사람은 푹 빠져서 헤어나지 못해. 하지만 적도 많았지. 회사가 점점 커질수록 말이야. 맞아! 그 괴문서 사건도 알고 있나?"

괴문서라고 말하며 H 씨는 아버지를 흘낏 쳐다봤다.

"아, 얘기 안 했어."

아버지는 날 쳐다보지도 않고 비실비실 웃으며 말했다. 약간 취한 H 씨는 '하지 말아야 할 얘기를 했구나.' 하는 표정을 지었다. 뭐지? 뭐지?

이번에는 아버지가 이야기를 시작했다. 아주 옛날에 백화점과 여러 거래처로 아버지가 부정행위를 했다는 내용의 팩스가 일제히 송부된 적이 있었는데, 내연녀에게 맨션을 사 주었다는 둥 말도 안 되는 소리가 적혀 있었다고 한다. 나는 그만 웃음보가 터지고 말았다. 그건 나도 알고 있는 얘기로 '괴'라는 말이 붙을 수준도 아닌 그냥 '문서'였다.

아버지는 거래처를 돌며 죄송하다고 사죄 인사를 했다고 한다. 예상했던 것처럼 '괴'문서를 보낸 곳은 동종 업계의 다른 회사였다고 한다. 어처구니가 없지만 질투란 정말 섬뜩한 것이다.

H 씨는 아버지와 처음 만났을 때부터 시간 순서에 따라 아버지가 살아온 이야기를 해 줬다. 이야기는 우리 집의 '근대사'로 돌입했다. 침울하고 씁쓸한 시대다.

"어머니가 잠시 퇴원했을 때가 있었잖아. 그때 집에 간 적이 있는데…."

"네. 기억나요."

나는 그날을 잊을 수 없다.

퇴원을 하긴 했지만 장기를 너무 많이 적출해 어머니는 바짝 말라 있었고 잠시 일어나 앉아 있는 것조차 힘들어했다.

어머니의 퇴원 소식을 들은 H 씨가 어머니를 보러 한걸음에 달려와 줬다. 어머니는 파자마 위에 가운만 입고 있어서 누가 봐도 손님을 맞을 채비가 되지 않은 상태였지만 H 씨는 꽤 오래 머물렀다.

그때 나는 화가 났었다. 어머니가 빨리 누웠으면 좋겠는데 왜 이렇게 눈치도 없이 오래 있느냐고.

몇 개월 후, 어머니 장례식에서 H 씨가 내게 말했다.

"그때는 미안했다. 그날 어머니 모습을 보고 어쩌면 마지막이 될지도 모르겠다는 생각이 들어서 좀처럼 발걸음이 안 떨어지더라."

나는 그 말을 듣고 어른들은 솔직하지 못하다고 생각했다.

어머니는 피부 속이 훤히 들여다보일 정도로 약해져 있었지만 그래도 나는 틀림없이 회복할 거라고 믿고 있었다. 나쁜 예감이 든 건 훨씬 나중의 일이었다. 당시 내게는 외모를 보고 여생을 판단할 수 있는 능력이 없었다. 너무 어려서 아무것도 몰랐다.

H 씨는 생각지도 못한 말을 했다.

"어머니는 항상 든든하고 믿음직스럽고 그랬거든. 남 앞에서 아버지에게 어리광을 부리는 사람이 아니었어. 그런데 그날 저녁에는 말이다, 어머니가 아버지 무릎 위에 다정하게 앉아 있더구나."

엄마가? 남 앞에서? 말도 안 돼!

H 씨는 좋은 기억이라는 듯 말했다. 나도 그때 거기에 있었는데 전혀 기억이 나지 않았다. 나쁜 예감이 들면서부터는 단 한순간도 놓치지 않고 기억하려고 정말 노력했건만, 내겐 소중한 기억을 담아 두는 그릇이 없었나 보다.

아버지의 입버릇은 "그래도 네 엄마는 날 아주 좋아했어."다. '그래도'라고 시작하는 것은 내가 아버지에게 핀잔을 주기 때문이다. 난 아버지의 입버릇에 이의는 제기하지만 반론은 하지 않는다. 불완전한 아버지를 엄마는 마지막까지 완전히 사랑하고 있었기 때문에. 아니, 마지막이기에 완전히 사랑할 수 있었을지도 모른다.

H 씨는 이야기를 계속했다.

"고이시카와 집에서 나올 때 아버지가 그러셨어. 폐품 수거업자가 거실 창문에서 소파와 가구를 트럭으로 던지는 것을 보는 것이 괴로웠다고."

그 여름의 일을 아직도 생생하게 기억하고 있다. 어머니가 돌아가신 1997년의 가을도 힘들었지만 2011년의 여름에 우리 집은 최악의 상태에 돌입해 있었다. 아버지와 내 관계도 엉망진창이었고…. 그때 일도 언젠가는 써야겠지만 지금은 도저히 감당할 기력이 없다.

그 여름의 아버지에 관한 H 씨 이야기는 우울하다기보다는 안도를 주었다. 늘 싱글벙글 웃고 있는 아버지지만 그렇다고 마음에 상처를 입지 않을 리 없다. 내게는 뭐든지 얘기할 수 있는 동성 친구가 있지만 아버지는 누구에게 속내를 털어놓을까? 그냥 신경이 쓰였는데 그동안 H 씨가 옆에 있어 줬다.

자신의 약한 모습을 보일 수 있는 친구가 아버지에게 있다니, 이 얼마나 든든한가.

둘만 아는 것

맑은 겨울 하늘을 좋아한다. 겨울 하늘은 가면을 쓰고 있지 않으니까. 찜찜한 구석도 없다. 공기가 상쾌해서 휴일에 세탁이나 산책같이 소소한 일을 하고 있으면 기분이 좋아진다. '외출할걸.' 이런 마음으로 후회를 하거나 누군가의 부재를 한탄하거나 하지 않아도 된다. 나는 맑은 겨울 하늘이 좋다.

우리 집의 경우 '일요일', '맑은 하늘'이라고 하면 성묘가 떠오른다. 팔월 중순이나 춘분, 추분 그런 절기에 상관없이 편하게 어머니를 자주 찾고 있다. 내가 어머니 묘에서 그리 멀지 않은 곳에 사니까 동네 산책하듯 나올 수 있어서 더 좋다.

약속 시간에 늦을 것 같아 택시를 탔다. 기사는 다소 운전이 거칠어서 모든 노란색 신호에서 액셀을 힘껏 밟아 통과하는 무모함을 보였다. 옆 차선에 경찰차가 있어도 아랑곳하지 않았다.

나는 멀미를 하는 체질이라 급정거와 급출발을 반복하면 금방 속이 안 좋아지는데 이날은 운이 없었다. 운전사는 아버지와 거의 비슷한 나이대지만 아버지가 하는 운전과는 급이 달랐다. 물론 내 기억 속에서 아버지가 운전을 했던 것은 아주 오래전의 일이지만 말이다. 아버지는 성질은 급한데 운전대를 잡으면 의외로 신중해졌다.

택시가 폭주한 덕에 내가 먼저 고코쿠지에 도착했다. 석재점에 들어가 햇빛이 잘 드는 의자에 앉아 아버지를 기다렸다. 평소에는 아버지가 나를 기다리는 곳이다.

가게 밖에 아버지가 보였다. 빨간 가죽점퍼에 중절모, 여기에 베이지색 캐시미어 머플러를 두른 채 선글라스까지 쓰고 있다. 스타일은 좋은데 걸음걸이는 불안하다. 운동 좀 하라고 그렇게 잔소리를 했는데도 말을 듣지 않는다. 무슨 수를 써서라도 근육을 좀 단련시켜야 한다. 못 걷게 되면 내가 곤란하니까.

"아버님, 멋지시네요."

오졸오졸 겅둥겅둥 걷는 아버지를 보고 석재점 여자 점원이 말했다. 평소와 달리 목소리가 들떠 있다. 어머니가 돌아가시고 우리 부녀가 성묘를 다니기 시작한 때부터 가게에 있었으니까 벌써 이십 년 가까이 우리 부녀를 봐 온 셈이라 오늘 새삼스럽게 아버지가 멋져 보일 리는 없을 텐데…. 하긴 세상일을 어떻게 다 이해할 수 있겠나.

아버지를 보며 멋지다고 말하는 여성이 꽤 되지만 난 전혀 납득할 수 없다. 이야기를 해 보면 흥미로운 사람이지만 나이도 꽤 먹은 할아버지라서 멋지다는 표현에 고개를 갸우뚱하게 된다. 다른 여성이 아버지에 대해 그렇게 말할 땐 아버지에게 다소 반해 있다는 뜻이기도 하다. 바로 그 점이 나로서는 전혀 이해가 되지 않는다. 아버지를 배려하는 좋은 딸이라고 자부하지만, 아버지에게 마냥 관대하지는 않다. 혈연관계인 나 말고 다른 여성에게만 보이는 아버지의 매력, 뭐 그런 게 있는 걸까? 아버지가 멋지다는 말을 들을 때마다 나만 다른 세상에 있는 것 같은 기분이 든다.

오졸오졸 겅둥겅둥 걷는 할아버지, 그러니까 아버지가 가게로 들어왔다. 들어오자마자 "춥다, 춥다." 하며 투덜댄다. 오늘은 비교적 따뜻하다는 것, 걸음새가 불안정해 보인다는 점을 지적하고 한쪽 다리를 앞으로 크게 내디디고 체중을 실어서 앉았다 일어서는 하반신 단련 운동을 알려 줬다. 워킹 런지라고 하는 것이다. 큰 근육을 움직이면 몸이 따뜻해진다. 넘어지는 것을 방지하기 위해 옆에 의자를 두고 하라는 말도 잊지 않았다. 할아버지에게 너무 가혹한 운동인가 싶기도 했지만 아버지는 내가 시키는 대로 고분고분 따라 했다. 다음부터는 만날 때마다 꼭 이 운동을 시켜야지. 아버지가 걷지 못하게 되면 내 기분이 우울해질 테니까.

꽃과 향을 사서 어머니 묘로 올라갔다. 묘지 안쪽에 있는 매화나무에 꽃이 피었고 동박새 두 마리가 가지에 앉아 있었다. 아버지가 그걸 보고 "곧 봄이네."라고 해서 "그러네."라고 대답했다. 얼마 전까지만 해도 서리가 내렸었는데…. 우리 부녀는 성묘를 하며 계절의 변화를 느낀다.

어머니 묘를 청소하고 꽃을 놓고 향을 피운 후 묘석을 향해 합장했다. 이십 분 정도면 충분하다.

"우리는 성묘 왔다가 후딱 돌아가 버리잖아. 그거 안 좋은 것 같아. 따뜻해지면 주먹밥 싸 가지고 와서 여기서 먹자."

아버지가 언덕길을 내려가며 중얼거렸다. 한 십 년 동안 몇 번이나 그렇게 말했지만 한 번도 실천한 적이 없었다. 언제나 슥 왔다가 후다닥 돌아가 버린다. 다음 성묘에 진짜로 주먹밥을 싸 가지고 오면 아버지는 어떤 표정을 지을까. 나는 할아버지와 중년 여자가 묘 앞에 서서 주먹밥을 먹는 모습을 상상했다. 얼마나 해학적인가.

아버지는 이빨 상태가 어떻다 저떻다 하다가 갑자기 멈춰 서서는 "아~" 하고 입을 크게 벌렸다. 부분 틀니를 하고는 있지만 충치도 없고 착색도 없고 치아도 고르다. 참으로 정갈한 구강이다. 일흔여섯 살치고는 상당히 관리가 잘되어 있다 싶었는데 잘 보니까 왼쪽 아랫니가 빠져 있다.

"이건 왜 그래?"

"이빨 뿌리가 안 좋아져서 뺐어. 의사가 임플란트를 하라고 하는데 이 나이에 무슨 임플란트야."

"아버지, 여기 좀 봐."

나는 아버지를 향해 입을 크게 벌리고 손가락으로 입 안을 가리켰다.

"너도냐?"

아버지가 웃었다. 나도 웃었다.

나도 아버지도 입이 작아서 말하거나 웃을 때 말고는 거의 이가 드러나 보이지 않는다. 하지만 나도 아버지와 마찬가지로 왼쪽 아랫니가 빠져 있다. 나 역시 의사에게 임플란트를 하라는 말을 들었다. 하지만 대대적인 수술이 무서워 그냥 이가 빠진 채 살고 있었다. 부녀가 똑같이 이가 빠져 있다니 참 한심하다. 꼴불견이지만 둘이 똑같다는 사실이 기쁘기도 했다.

늘 가는 패밀리 레스토랑 대신 이케부쿠로에서 점심을 먹기로 하고 역으로 향했다. 즉석 운동 효과 덕분인지, 딸에게 잔소리를 듣는 게 싫었기 때문인지 아버지 걸음새가 아까보다 훨씬 좋아졌다. 그래도 걷는 속도는 느리다.

플랫폼에 전철이 도착하고 문이 열렸다. 아버지가 천천히 걸어서 타려고 하는데 나와 비슷한 나이대 여자가 갑자기 뒤에서 새치기하더니 먼저 타 버렸다. 위험한 순간이었다.

에스컬레이터나 엘리베이터를 타고 내릴 때도 아버지는 다른 승객보다 한 박자 늦었다. 그러면 반드시 옆에서 새치기하며 파고드는 사람이 꼭 있다. 그런 녀석들은 마치 "걸리적거리는 노인네는 저리 비켜!"라고 말하는 것 같아서 기분이 나쁘다. 세상이 언제 이렇게 노인에게 차가워진 걸까. 굼뜨면 짐짝 취급을 당한다. 젊은 사람들은 잘 모르고 하는 실수인 것 같은데, 중년일수록 마치 노인을 단죄하듯 당당하게 행동한다.

남의 일이 아니다. 오늘은 아버지와 함께여서 다른 시점에서 보고 있지만 만약 혼자라면 나 역시 굼벵이라는 둥 혀를 차면서 지나쳤을지 모른다. 세상이 자신에게 딱 맞춰 만들어져 있는 것이 당연하다고 착각하고 자신과 다른 속도로 움직이는 사람들을 배척한다. 바쁘다는 것이 불손한 태도를 정당화하는 이유라도 되는 듯 행동한다. 눈에 거슬리는 게 너무나 많다.

"세이부 백화점에서 돈가스 먹자."

내가 복잡하게 이런저런 생각을 하고 있는 사이에 아버지가 목적지를 정해 버렸다. 또 돈가스? 뭐 좋지만.

점심시간이 지나서인지 줄을 서지 않고도 들어갈 수 있었다. 자리에 앉자마자 누구에게랄 것도 없이 "흑돼지 등심!" 하고 아버지가 말했다. '네네, 알겠어요.' 나는 점원을 불러 아버지가 요청한 흑돼지 등심 돈가스 정식과 내 안심 돈가스 정식을 주문했다. 성묘, 패밀리 레스토랑, 때때로 돈가스. 아버지는 언제나 등심이고 딸은 언제나 안심. 장대한 매너리즘이라고 할 만하다.

"안녕하세요."

매끄러운 목소리가 들려 돌아보자 오십 정도 되어 보이는 여자 점원이 아버지에게 인사를 하고는 가게 안쪽으로 사라졌다. 익숙한 시추에이션의 재탕이다.

"여기 자주 와?"

"혼자서도 와. 맛있으니까."

"그래에?"

나는 아버지가 혼자가 아닐 때 동석하는 사람의 얼굴을 떠올렸다. 그리고 보니 한동안 못 봤다.

돈가스를 먹으면서 약간 복잡한 이야기를 나눴다. 깊은 속내를 별거 아닌 듯 이야기하는 것이 아버지의 단점이자 장점이다. 좀 더 진지하게 이야기를 해 주었으면 좋겠다고 바랄 때는 단점이고, 별거 아니라고 말해 주길 바랄 때는 장점이 된다. 이번에는 후자다.

"결국은 사람 됨됨이지."

입에 발린 이상론을 말하는 것도 아니고, 그렇다고 세상을 방패 삼아 정론을 펼치는 것도 아닌, 속내와 겉마음이 균형을 잘 잡으며 돌아온 대답에 나는 안도했다.

그 뒤부터는 TV에서 본 것을 이랬다더라 저랬다더라, 이렇다더라 저렇다더라, 주거니 받거니 하며 이야기를 나눴다. 그러다가 얼마 전에 죽은 유명 배우의 마지막을 지킨 여자에 관한 이야기로 발전했다. 배우와 여성은 딱 아버지와 나만큼 나이 차이가 났다. 그런데도 남녀 관계가 가능하다는 것이 나는 그저 놀라울 따름이었다. TV에서는 여성이 보인 행동을 미담이라며 부추기고 있었지만 나는 좀 불편했다.

"마지막 여자를, 그런 식으로 포장하는 건 좀 그래."

아버지 말에 나는 크게 고개를 끄덕였다. 뭐야, 오늘은 생각이 잘 맞네.

아버지도 나도 그녀를 나쁘다고 말하는 게 아니다. 세상사는 언제 누가 어느 시점에서 보느냐에 따라 선이 되기도 하고 악이 되기도 한다.

종종 남들이 내리는 진단은 당사자에게는 무의미하다. 둘만 아는 유일한 뭔가로 관계의 가치는 유지된다. 물론 둘이 같은 것을 생각하고 있다고는 단언할 수 없다. 전해 들은 이야기를 또 전하는 과정에서 아름다워 보이는 부분만 잘라 마치 사실인 양 떠드는 게 아버지도 나도 불편할 뿐이다.

"폼 잡다가 죽는 건 멋지지 않으니까, 마지막까지 멋있었다는 식으로 주변에서 떠들지 않는 게 좋을 텐데."

배우에 대해 이야기를 하고 있지만, 아버지는 스스로를 그 배우에게 투영하고 있다. 만약 아버지 가는 마지막 길에 그 옆을 지키는 여자가 있고, 세간에서 이 여자에게 갸륵하다는 평을 내린다면 난 아마도 끔찍한 표정을 지을 것이다. 그 여자의 마음이야 진심이겠지만, 그렇다고 손을 들어 환영할 수도 없는 노릇이다.

미워하고 경멸하던 단계를 어찌어찌 지난 후, 아버지가 맺은 모든 인간관계에 대해 깊게 파고들지 않는 기술을 체득했다. '딸'이라는 이름표를 달았다고 해서 아버지 인생에 간여하는 것은 옳지 않다는 생각이 든다. 아버지도 '부모'라는 라벨을 무기로 내 인간관계에 파고드는 무례한 일은 하지 않는다. 아버지와 내 관계도 둘밖에 모르는 무언가로 유지되고 있다.

 아버지가 당신의 등심 돈가스 한 조각을 내 접시에 덜어 줬다.
나도 아무 말 없이 아버지 접시에 안심 돈가스를 놓는다. 등심의
지방은 아주 달고 맛있었다. "더 먹을래?" 하고 아버지가 물어보
길래 끝 부분을 한 조각 집으려고 했더니 "돼지에게 실례야. 가
운데 먹어."라고 한 소리 한다. "맛있는 부분 줄게."라고는, 하늘
이 두 쪽 나도 절대로 말 못 하는 아버지다.

장사는 어렵다

삼십 대 중반에 있었던 일이다. 편집 일을 하는 친구가 밀가루가 들어간 식품을 피하는 건강법에 관한 책을 작업한 후 별생각 없이 시험 삼아 실천해 봤더니 몸 상태가 상당히 좋아졌다고 한다.

알레르기 검사를 해 보지 않아서 단언할 순 없지만 나는 밀가루와 궁합이 그다지 좋지 않다. 빵도, 파스타도, 피자도, 만두도, 쿠키도, 우동도 너무 좋아하는데 이 무슨 슬픈 일이냐 말이다.

나는 어렸을 때부터 이십 대 후반까지 아토피성 피부염으로 꽤나 고생했다. 강한 스테로이드 주사를 맞은 적도 있고, 반대로 스테로이드를 끊기 위해 간사이에 있는 병원까지 신칸센을 타고 통원했던 적도 있다. 한약을 욕조에 풀고 매일 몇 시간이나 들어가 있기도 했고, 소변에서 특정 성분을 뽑아 만든 크림을 바르기도 했다. 다양한 방법을 시도해 봤지만 효과를 보지는 못했다.

검붉게 변한 내 피부를 본 아버지는 새로운 치료법에 잇달아 도전했다. "좋은 거 발견했다!"라고 말한 지 몇 주 되지도 않았는데 "그건 아니다. 이걸 해 봐라."라고 해서 실망하기도 했다. 아버지가 권하는 치료법을 믿는 내가 바보처럼 느껴졌다. 아버지가 "아니다."라고 말한 건 단지 치료법이었을 뿐인데, 그 말을 들으면 마치 내 존재를 부정당하는 것 같은 기분이 들었다.

아버지도 피부가 약하고 어머니도 두드러기가 자주 생기는 체질이었다. 부모가 그러니 내 피부도 안 좋은 게 당연하다. 그럴 확률이 높다. 이 둘 사이에 태어난 이상 내겐 피할 수 없는 운명이다.

원래 피부가 약한 아버지가 요 일 년 동안 먹거리로 인해 발진이 생겼다. 원인은 고기이거나 단 빵이거나 생선알이거나 뭐 여러 가지일 거라고 추정은 했지만 명확히 밝히지는 못했다. 만날 때마다 팔을 긁어 대는 바람에 벌겋게 부어오르기도 했다. 뭘 먹어서 그렇게 됐는지 알 수 없으니 밥을 즐겁게 먹을 수 없게 되어

버린 듯했다. 가엾게도 말이다.

어른이 되고 나서 알레르기 반응을 일으키는 경우가 있을지도 모른다. 내가 밀가루 글루텐에 예민해진 것처럼 말이다. 사실 난 내가 밀가루 글루텐에 알레르기가 있는지 알아보지도 않았다. 부녀가 나란히 검사를 받아야 할 사항이라는 생각이 든다.

아버지는 자주 가는 병원이 몇 군데 있는데 그중 한 곳은 예전 집 근처에 있다. 개업한 지 꽤 오래된 병원인데, 이사한 후에도 아버지는 의리 있게 계속 다니고 있는 듯했다. 원장 딸이 피부과 의사여서 이번에는 둘이 같이 가서 검사를 받기로 했다. 예약은 아버지가 한다고 해서 맡겼더니 토요일 오후로 날을 잡아 두었다.

약속 시간 오 분 전에 병원에 도착했는데 진찰실에서 아버지 목소리가 들려왔다. 나는 코트를 벗고 서둘러 진찰실로 들어갔다.

아버지는 오른쪽 소매를 말아 올리고서 가려움과 발진이 얼마나 심한지 호소하고 있었다. 참 안타깝게도 이런 때에 맞춰 아버지 피부는 벌레에 물린 곳조차 하나 없다. 심지어 매끄럽기까지 했다. 그렇다고 노인 피부가 좋을 리는 없다. 쪼글쪼글 주름지고 가느다란 팔은 그저 새하얗기만 했다. 그것을 보고 '아버지도 나이가 들었네.' 하는 생각이 들어 나는 맥이 빠졌다.

"심하실 때 상태가 어떤지 볼 수 있었으면 좋았을 텐데요."

아버지가 늘어놓는 장황한 설명을 다 들은 의사가 진료 기록을 보며 말했다. 물론 아버지도 심한 상태를 보여 주고 싶었을 것이다. 발진이 없다는 건 좋은 일인데 오늘만큼은 아무 증상도 없어서 참으로 억울한 마음이 드는 것 같았다. 아버지는 말을 꽤 과장되게 하지만 거짓말은 안 한다. 심할 때는 분명 심할 것이다.

의사는 헤파리노이드 연고를 처방하려다가 잠시 생각한 후 헤파리노이드 로션으로 바꿨다. 로션이 더 바르기 쉽고 취급하기도 편하기 때문이라고 했다.

"선생님, 등에도 습진이 있어요. 가려워서 견딜 수가 없어요."

과거에 몇 번이나 처방받은 약이 또 나와서 마음에 들지 않았는지 아버지는 다시 애절하게 호소했다. 의사는 그런 아버지를 전혀 신경쓰지 않고 물었다.

"혼자 등에 바르실 수 있나요?"

"아니요."

"발라 줄 사람은 있으시죠?"

"아니요."

"어머, 따님과 같이 사시는 거 아니에요?"

왠지 이 대답은 내가 해야 할 것 같아서 같이 살고 있지 않다고 하니까, 아버지가 얼른 내 말을 가로채서는 "혼자서 어떻게든 해 보겠습니다."라고 말했다.

나는 고개를 숙였다.

진찰이 끝난 것 같은 분위기라서 서둘러 알레르기 검사에 대해 물었다. 의사는 눈을 동그랗게 떴다. 아버지도 나도 덩달아 눈이 동그래졌다. 불길한 예감이 가슴을 스쳐 지나갔다. 그리고 그 예감은 적중했다. 아버지가 검사 의뢰를 안 한 모양이었다.

갑자기 의사가 뭔가를 생각해 낸 듯 아버지 진료 기록을 뒤적거렸다. "여기."라고 손가락으로 가리키며 내민 종이를 보니 아버지는 이미 지난번 진찰 때 채혈을 했고 달걀흰자, 달걀노른자, 우유, 치즈에 알레르기 반응이 없다는 결과가 나와 있었다. 아버지는 채혈한 것조차 기억하지 못했지만, 다시 검사해 봐도 달라질 건 없을 것 같다는 생각이 들었다.

"나이가 들었다고 알레르기가 생기는 사람은 없어요. 건조해서 생기는 노인성 피부 질환이거나 만성 두드러기일 거예요."

의사는 무뚝뚝하게 처방전을 건넸다. 나이가 들고 나서 알레르기가 생기는 사람이 없다면 도대체 밀가루에 대한 내 반응은 뭘까? 알레르기가 아니라는 건가.

제대로 예약을 하지 못했던 것에 낙담했는지, 아니면 채혈한 것을 기억하지 못한 것에 상처를 입었는지 아버지는 약간 의기

소침해 있었다. 바로 얼마 전까지만 해도 손쉽게 해내던 일을 어느 순간부터 하지 못하게 되었다는 것은 역시 괴로운 일일지도 모른다.

"잘됐네. 적어도 네 가지는 먹을 수 있으니까."

나는 풀이 죽은 아버지 등에 손을 올렸다. 몇 년 전의 나였다면 "나도 채혈할 생각이었는데, 아버지가 예약을 안 해서 못 했잖아."라면서 툴툴거렸을 것이다. 하지만 그러지 않았다. 어른스러워졌기 때문이 아니다. 아버지가 예약을 제대로 하지 못한 건 아버지가 늙어서다. 늙음을 탓해서 무엇 하랴.

진찰실을 나오려는데 아버지가 천천히 안경을 벗더니 "저기, 이거 없앨 수 있나요?"라면서 안경 코 패드가 닿는 부분에 있는 검버섯을 가리켰다.

"그런 종류의 검버섯은 보험 적용이 돼요."

"그럼 빼 주세요."

"잠깐만 기다리세요."

의사는 별실로 사라지더니 액체 질소 연기가 슬금슬금 넘쳐나는 용기를 들고 진찰실로 돌아왔다. 용기에는 탈지면이 말려 있는 나무 봉이 꽂혀 있었다.

잠깐, 잠깐. 지금 당장 검버섯을 뺀다고? 왜? 전개가 너무 빠르다. 믿을 수 없다. 알레르기 검사는 이제 안 하나?

아버지는 등을 쭉 펴고 앉더니 얌전히 눈을 감았다.

"좀 따끔거릴지도 몰라요."

"네."

검버섯에 탈지면이 말린 봉이 쫙 들러붙었다. 아버지 얼굴에서 하얀 연기가 뭉게뭉게 피어올랐다.

좀 전까지만 해도 주위를 떠다니던 감상적인 분위기는 싹 사라지고 없었다. 빠른 전환은 아버지의 장점이지만 종종 그 속도를 따라가지 못하는 주변인들은 그만 뒤처지고 만다.

검버섯이라…. 모처럼 맞은 휴일을 결국 할아버지의 피부 미용을 위해 써 버린 셈이다. 검버섯이라고? 그래, 나도 검버섯 있어!

짜증이 울컥 치밀어 아버지 손에서 검사 결과가 적힌 종이를 확 낚아챘다. 달걀흰자, 달걀노른자, 우유, 치즈에 알레르기 반응 없음. 그 아래에 전립샘 어쩌고 하는 익숙하지 않은 단어가 있었다.

"선생님, 이건 뭔가요?"

"전립샘암이 아니라는 뜻입니다."

어우야, 그러셨어요? 나는 아버지를 째려봤다.

아버지는 늘 당신이 암일 거라고 그랬다. 최근의 셀프 진단에 따르면 당신은 전립샘암이었는데 그 진단이 보기 좋게 빗나갔다. 어머니와 달리 아버지는 암에 걸리지 않았고 지금도 암이 아니다.

병원을 나와 약국에서 약을 받고 둘이서 거리를 걸었다. 옛집에서 나온 지도 벌써 칠 년이나 지났다. 아버지와 이 거리를 걷는 것도 오랜만이다. 따뜻한 햇볕을 받으며 걷다가 둘이서 몇 번이나 큰 재채기를 했다. 알레르기 검사를 받지 않았지만 꽃가루 알레르기를 앓고 있는 것만큼은 명백했다.

우리 앞에 노인이 걷고 있었다. 무릎을 들어 올릴 때마다 상반신이 내려가며 오쫄오쫄 겅둥겅둥 걷고 있었다.

"나도 저러냐?"

"응. 똑같아."

"거짓말. 넌 거짓말을 잘해."

"거짓말 아냐. 얼마 전에 알려 준 운동은 하고 있어?"

"하고 있어."

"거짓말."

"거짓말 아냐."

각자 하고 싶은 말만 할 뿐 결론이 나지 않는 대화를 일부러 즐기며 거리를 둘러봤다. 올 때마다 느끼는 거지만, 있던 가게가 사라지고 새로운 가게가 들어서는 것 같다. 그런가 하면 손님이라고는 그림자도 보이지 않는 것 같은데 여전히 장사를 하는 옛 양품점도 있다. 이 주변은 오픈한 지 삼 년도 채 지나지 않아 사라지는 가게가 대부분인데, 살아남는 기준이 뭔지 잘 모르겠다. 애매모호하다고 할까. 건물이 자기 것인지에 따라서도 또 다르겠지.

"장사는 어려워."

아버지가 뜬금없이 말했다. 정말 장사는 어렵다.

숙성 고기 전문점 같은, "이런 거 들어는 보셨나?" 잘난 척하는 듯한 가게도 생겼다. 도심 한중간에서 동쪽으로 약간 비껴 있어서 공략하기 쉬워 보이는 점이 분쿄구의 매력인데 최근 맨션 건설업자가 이상한 캐치프레이즈로 선전하는 바람에 어깨에 뽕이 든 주민들이 늘었다. 걷고 있는 사람들이 다들 세련돼서 주눅이 들 정도다.

역까지 걸어서 근처 소바 가게에 들어갔다. 아버지와 여기에 온 건 처음이지만 가게 주인이 엄마 고교 동창이라서 나는 어릴 적에 자주 왔었다.

가게에 들어가자 주인이 카운터에 서서 우리를 맞이했다. 귀밑머리가 새하얗게 변해 있었다. '날 기억하고 있을까.' 하는 표정으로 슬쩍 주인 얼굴을 봤다. 되돌아온 미소는 과연 접대용인가, 아니면 날 기억하고 있다는 시그널인가.

자리에 앉자마자 아버지는 덴푸라소바를, 나는 오리조림소바를 시켰다. 밀가루 이십 퍼센트 소바라면 내 몸도 별다른 이상 반응을 보이지 않을 것이다.

　"이 가게에는 엄마도 자주 왔었어."

　아버지는 모르는 이야기를 들려주며 소바를 먹었다. 가게 주인이 내게 기분 좋게 미소를 지으며 소바 국물을 가지고 왔다.

　'다행이야. 날 기억하고 있어.'

　"라디오 하고 있죠?"

　소바 국물을 테이블에 놓으며 가게 주인이 말했다. 생각지도 못한 방향에서 공이 날아와서 한 방 먹었다.

　낮에 라디오를 듣다가 이름을 검색해 봤더니 기억에 남아 있던 얼굴이 나와서 놀랐다고 한다. 어머니 딸로 날 기억하고 있는 게 아니었다.

"진행하는 라디오 프로그램 잘 듣고 있습니다."라는 말은 언제 들어도 기쁘지만 오늘은 약간 슬프다. 가게 주인에게 슬쩍 어머니 이야기를 흘려 봤으나 정말 어머니를 기억하고 있는지 어떤지 표정만으로는 알 수 없었다. 내 이야기에 맞장구를 쳐 주기는 했지만 말이다.

"아무래도 예전에 살던 곳이 정겹고 좋지."
가게를 나오면서 아버지가 중얼거렸다. 내 생각도 그렇다. 이곳으로 돌아오고 싶은 마음이 너무 강렬하긴 해도 우리 옛집이 그대로 있는 이상 아마 어려울 것이다. 볼 때마다 심장이 따끔거리는 건 어쩔 수 없다. 옛집을 되찾는 방법도 있겠지만, 그러려면 적어도 삼억 엔은 필요하다. 아버지가 사억 엔이나 말아잡수셨으니 어쩌겠나.
그래, 장사는 어렵다.

스테이크와 파나마모자

 피란처였던 누마즈에서 덜 익은 매실을 먹는 바람에 식중독에 걸린 것이 소학교 2학년 때 일이다. 중학교 2학년 때는 충수염으로 니혼 의과 대학 부속 병원에 입원했다. 대학에 입학하고 얼마 되지 않아 폐결핵 때문에 흉곽 성형술을 세 번이나 받았다. 쉰다섯 살에는 바이러스성 간염에 걸려 입원과 퇴원을 반복했다.

 물론 아버지 이야기다.

 "우리 집에는 아버지가 없어. 너, 너랑 나이 차이가 많이 나는 네 오빠, 그리고 엄마. 이렇게 셋이야."

 건강하던 때의 어머니는 농담 반 진담 반으로 내게 말하곤 했다.

내가 어머니에게 원했던 건 단 한 가지.

"엄마, 소원이야. 아버지보다 먼저 죽지 마."

내 소원은 이루어지지 않았다. 건강 그 자체였던 어머니는 휘리릭 하고 아버지보다 먼저 이 세상에서 사라져 버렸다.

쉰아홉에 홀아비로 전락한 남자는 그 후 어떻게든 살아남아 2017년 3월에 무사히 일흔아홉 번째 생일을 맞이했다. 잘 놀고 수다스럽고, 잘 웃고 제멋대로인 기분파. 여기에 나이보다 젊어 보인다고 자부하는 착각파. 추모 행사 때 친척 학생에게 교복을 빌려 입고는 단체 사진을 찍으며 손가락으로 V 자 사인을 한다. 간염은 완치되었고 지금은 펄펄하다. 멋진 일이다.

그런데… 이런 감정은 부모가 아이에게 느끼는 것 아닌가? 나는 지금 눈앞에 앉아 미디엄 레어 비프스테이크를 입 안 가득 넣고 씩씩하게 먹는 노인을, 내 아이 보듯 따뜻한 눈으로 바라보며 감개무량함에 취해 있다.

나는 남의 생일을 잘 기억하지 못한다. 물론 아버지 생일도 예외는 아니었는데 내 뇌리에 아버지 생일이 콱 박히게 된 계기는 대학 시절에 아버지 트렁크를 빌려 여행을 떠나면서다. 다이얼식 비밀번호가 아버지 생일인 0326이어서 기억을 할 수밖에 없었다. 박정한 딸이라 그랬겠지만 어머니가 돌아가시기 전까지는 아버지 생일을 제대로 축하해 준 적이 없었다.

올 3월 26일은 일요일이어서 아버지와 같이 점심을 먹기로 했다. 생일인데 패밀리 레스토랑에 가는 건 좀 아닌 듯싶어서 아버지한테 어디가 좋겠냐고 물어보자 아버지는 도쿄 노기자카에 있는 철판구이 '하마'를 콕 찍어 말했다. 내가 아이였을 때, 그러니까 우리 집에 돈 좀 있던 시절에 자주 갔던 가게였다. 아버지와 단둘이서는 한 번도 가지 않았으니까 이십 년 만인가. 저녁은 좀 곤란해도 점심 메뉴라면 나도 한턱 쏠 수 있지.

그날엔 비가 많이 왔다. 노기자카는 예전에 일하던 직장이 있어서 잘 아는 동네이기도 하다. 하지만 하마에는 늘 아버지 차로만 왔었기 때문에, 역에서 내려 걸어가는 동안 익숙하다고 생각했던 길들이 서먹서먹하고 낯설게 느껴졌다.

하마는 몇 년 전에 리모델링했다고 들었는데, 짙은 파란색 차양으로 장식된 흰색 작은 창과 다크초콜릿색으로 칠한 건물이 잘 어울려 상당히 인상적이었다. 차양에는 수소의 뿔을 본뜬 금색 로고와 'STEAK HOUSE hama'라는 로마자가 인쇄되어 있었다. 가게 앞은 몇 번이나 지나다녔지만 막상 가게 안으로 들어가려고 하니까 왠지 작아지는 느낌이 들었다. '더 좋은 옷을 입고 올걸.' 비닐우산을 접으면서 살짝 후회했다. 카운터에 싸구려 코트를 맡기는데 왠지 얼굴이 살짝 빨개지는 걸 느꼈다.

아버지는 이미 철판 앞에 앉아 있었다. 오늘은 검정 깅엄 체크 셔츠에 회색 스웨터를 입었다. 전체적으로 모노톤이라 패기가 없어 보였다. 화려한 색을 입으라고 그렇게 말했건만…. 조금만 방심하면 이렇게 된다.

생일이니까 북적대는 게 좋다며 아버지가 초대한 사촌 언니도 와 있었다. "아버지 생일을 챙기다니 기특하네."라며 육십 대인 사촌은 사십 대인 내게 마치 아이를 칭찬하듯 말했다. 물론 놀린다거나 하는 느낌은 전혀 없었다.

큰 철판이 설치된 테이블에는 에도 시대 거리가 그려진 런천매트가 깔려 있다. 은으로 된 수저받침도 젓가락 봉투도 옛날과 다름없다. 어쩐지 추억을 자극하는 감정이 떠올라 나도 모르게 수저받침을 손바닥에 올렸다. 옛날에는 제법 묵직했던 것 같은데 그런 느낌이 없었다. 그저 내가 어른이 된 것뿐이겠지.

오른쪽 옆에는 부녀가 앉아 있다. 딸은 십 대 초반, 옛날의 나와 비슷한 연령대다. 나와 달리 말랐지만 말이다. 부모님한테 돈이 있을 때 많이 먹어 두렴.

간 참마를 올린 샐러드를 애피타이저로 우리 테이블에서도 파티가 시작되었다. 큰 새우, 지방이 골고루 박힌 소고기 등 철판 위로 식재료가 잇달아 나왔다. 누가 조리하나 싶어 얼굴을 살펴보자 그곳에는 키다리 시라이 씨가 서 있었다.

옛날과 변함없이 높고 흰 요리사 모자를 쓴 시라이 씨가 부드

160

럽게 미소 짓고 있었다. 시라이 씨는 고기를 잘 굽고 말이 없는 사람이다. 당시에는 신입이었던 시라이 씨는 이제 승진해 직접 철판 앞에 서서 요리를 하는 경우는 거의 없다고 한다. 오늘은 오랜만에 찾아온 손님, 아버지와 날 위해 특별히 철판 앞에 섰다면서 사람 좋은 미소를 짓는다. 앞으로 아버지가 이 가게에서 돈을 쓸 일은 없을 텐데, 이 얼마나 의리 넘치는 사람인가. 시라이 씨가 늘 잘해 준다며 아버지는 무척 기뻐했다.

시라이 씨가 펄떡이는 새우를 뜨거운 철판 위에 올렸다. 경사스러움을 상징하는 빨간색 새우가 지글지글 소리를 내며 점점 투명한 주황색으로 변해 갔다. 굉장히 맛있어 보였다. 시라이 씨는 큰 나이프와 끝이 둘로 나뉜 포크를 빙글빙글 돌리면서 새우 머리와 껍질 그리고 꼬리를 능숙하게 분리했다. 잘 익은 새우가 앞접시에 놓였고 나는 쿡 집어 입에 넣었다. 씹을 때마다 감칠맛이 입 안에 퍼졌다. 감동, 또 감동. 철판 위에 남은 껍질을 시라이 씨가 주걱으로 꾹꾹 누르자, 돈도 있고 어머니도 있었던, 옛날 그때 맡았던 냄새가 코를 자극했다.

시라이 씨는 다음 요리로 소고기를 준비했다. 두께가 칠팔 센티미터는 되어 보이는 고기를 철판에 놓고 소금과 후추를 뿌린 다음 돔 모양의 스테이크 커버를 덮었다. 잠시 후 커버를 열면 미디엄 레어 큐빅 스테이크로 탈바꿈할 것이다.

고기가 익을 때까지 옛날이야기라도 할까 싶어 "시라이 씨는…" 하고 운을 뗐는데, 더는 말을 이어 갈 수 없었다. 시라이 씨의 흰색 제복 가슴팍에 로마자로 'Hirai'라고 자수가 놓여 있었기 때문이다. 몇 번을 봐도 'Shirai'가 아니었다.

"아버지."

최대한 작은 목소리로 아버지를 나무라듯 부르며 눈빛으로 신호를 보냈다. '아버지, 시라이가 아니라 히라이야!' 어쩜 이런 일이! 어릴 때부터 아버지가 늘 '시라이 씨'라고 불러서 그런 줄 알았는데 '히라이 씨'라니! 부끄럽고 창피하고 어디에 눈을 둬야 할지 몰라 그저 아버지만 노려봤다.

"나는 에도 토박이라서 그래. 에도 토박이들은 히라이를 시라이라고 해."라고 아버지가 뻔뻔스럽게 말했다.

아버지! 거짓말 좀 작작해! 도대체 누가 '히'를 '시'라고 한단 말이야? 그럼 히틀러도 시틀러고 히로뽕도 시로뽕이게?

우리가 나누는 이야기가 들리는지 아닌지 알 수 없지만 시라이 씨 아닌 히라이 씨는 묵묵히 서서 고기만 굽고 있었다. 나는 좌불안석이었고, 앞뒤 사정을 모르는 사촌은 언쟁 중인 부녀 옆에 앉아 천천히 와인을 음미하며 고기가 익기를 기다리고 있었다. 잘 구워진 스테이크는 그 옛날 그때와 마찬가지로 우리를 실망시키지 않았다.

참마샐러드

새우

소고기

숙주소테

볶음밥

미소시루

절임채소

아버지는 나오는 족족 접시를 깨끗하게 비우고 해피 버스데이 투 유 노랫소리와 함께 나온 디저트도 맛있게 먹었다. 마지막으로 셋이서 생일 기념사진도 찍었다. "돈은 있는 사람이 내야지. 돈은 일방통행!"이라는 아버지의 장단에 맞춰 내가 계산했다.

여전히 비가 내리고 있었다. 아버지에게 생일 선물이라도 하자 싶어 미드 타운_{복합 상업 건물}으로 들어갔다. 아버지는 미드 타운에 처음 와 봤는지 들떠 있었다. 나는 그런 아버지와 함께 모처럼 윈도쇼핑을 즐기기로 했다.

이 층에 있는 모자 전문점에 들어갔다. 아버지는 다양한 모자를 많이 가지고 있어서 모자 선물이 특별하진 않지만, 달리 생각하면 선물용으로 실패할 염려가 없다는 말이기도 하다.

가게는 오스트레일리아 브랜드로 시원한 느낌의 봄여름용 스트로해트가 흰색 벽에 몇 개나 걸려 있었다. 모두 품질이 좋아 보였다. 아버지는 머리가 작아서 수입 브랜드가 딱 맞을지도 모른다. 배색이 은은해 소스 회사 사장 요시다 씨처럼 머리와 모자가 따로 놀거나 하지 않았다.

잠깐만, 요시다 씨는 카우보이모자를 썼었나?

나는 배도 부르고 피곤해서 가게 안에 있는 의자에 털썩 주저앉았다.

"아버지 맘에 드는 거 골라서 써 봐."

"으음, 뭐가 좋을까….”

아버지가 둘러보는데 여자 점원이 다가와 설명을 시작했다. 아버지가 여성 점원을 친숙하게 대하자 단번에 둘 사이가 가까워졌다. 점원이 "호호호." 하고 활짝 웃는다. '어디를 가도 똑같네.' 하고 나는 아버지의 일상을 물끄러미 쳐다봤다.

아버지가 벽에 걸린 모자 중 하나를 골랐다. 챙 디자인이 좀 독특한 흰색 파나마모자로, 리본을 두른 부분에 검정색 자수가 한 바퀴 놓여 있었다. 다른 곳에서는 접하지 못한 디자인이라 꽤 괜찮아 보였다.

아버지는 거울 앞에 서서 모자를 써 보며 말했다.

"아냐, 내겐 과해. 모자는 멋진데 내가 안 보여."

감상을 짧게 내뱉고는 바로 모자를 벗어 버렸다. 잘 어울리는데 아버지는 영 내키지 않는 듯했다.

하지만 미련이 남았는지 썼다 벗었다 하면서 그때마다 "과하다, 과해."라는 말을 연발했다. 다른 모자도 몇 개 시착해 보다가 떨떠름한 표정으로 다시 흰색 파나마모자를 쓰고는 내 쪽으로 돌아섰다.

"이게 맘에 들긴 하는데, 내가 좀 눌려 보이네."

뭐야? 이젠 모자랑 붙어 보겠다는 거야? 더 듣다가는 한도 끝도 없을 것 같아서 "그래? 난 괜찮아 보이는데? 그냥 그걸로 해. 잘 어울려." 말을 끊고 신용 카드를 꺼냈다. 내가 아버지를 너무 응석받이로 키우는 것 같기도 하다. 그래도 아버지는 무척 좋아했다. 선물을 받아서 그런 게 아니라, 딸이 돈을 내는 게 기쁘다는 표정이었다.

"음, 좋군! 고마워, 고마워."

계산을 하는 동안 아버지가 실실 웃으며 말했다.

"뭐래? 정신 차려!"

내가 톡 쏘아붙이자 아버지는 갑자기 진지한 표정을 지으며,

"이봐, 괜히 무게를 잡으면서 고맙다고 하면 안 되는 거야. 약간 빈틈을 보이면서 말해야 상대방도 '아, 내가 좋은 일을 했네.'

그렇게 생각하게 되는 거라고. 명심해."

갑자기 도라에몽에게 매달리는 진구 모습이 떠올랐다.

그래, 나는 도라에몽이다. 하지만 내 지갑은 도라에몽의 사차
원 주머니가 아니라는 말이 입 언저리에서 꼼지락거리는데 만면
에 웃음을 띤 아버지가 말했다.

"이봐, 딸. 이젠 모자에 잘 어울리는 옷을 사야겠어."

뭐얏? 역시 그 속셈이었던 거야?

속인다든가 속는다든가

내가 중학교에 들어갔을 때 즈음의 일이다. 12월 31일 저녁, 우리 집에 한 남자가 찾아왔다. 아버지는 남자를 다이닝 룸으로 안내했고 명절 음식을 준비하느라 바쁜 어머니는 귀찮다는 표정을 어렴풋이 지었다.

응접실로 사용하는 거실이 아니라 다이닝 룸으로 데리고 갔다는 건 아버지가 마음을 허락한 사람이라는 의미다. 식탁을 가득 채우고 있는 명절 음식을 이리저리 밀치고 어머니가 남자와 아버지에게 차를 냈다.

아버지가 하던 사업은 귀금속 도소매로 남자는 아버지 직원이었다. 풍채가 좋고 큰 눈동자에는 힘이 꽉 들어가 있었다. 양복도 몸에 잘 맞았다. 믿음직스러운 남자라는 느낌이 들었다. 사십 대 전반 정도로 보였고 머리숱이 꽤 많은 사람이라고 기억하고 있다.

일이 층은 아버지 회사고 삼사 층이 집이었다. 그래서 직원이나 아버지 손님이 집으로 올라오는 게 그리 드문 일은 아니었지만 12월 31일에 직원이 온다는 건 뭔가 특별한 일이라고 할 수 있다. '이런 날 무슨 일이지.' 궁금해서 나는 주방 근처를 어슬렁거리며 아버지와 남자를 슬금슬금 쳐다보고 있었다.

남자는 몸을 앞으로 쑥 내민 채 뭔가 열심히 아버지에게 말을 하고 아버지는 만족스러운 표정으로 듣고 있었다. 자세한 내용은 잊어버렸지만 연말 대목 매출이 어떻다 뭐 그런 이야기였던 것 같다. 당시에는 백화점에도 매장이 있어 백화점 영업이 끝난 후 우리 집에 들른 것 같았다. '참 일을 열심히 하는 사람이구나.' 싶어 내심 그를 좋게 보았다.

나는 학교에서 돌아오면 반드시 일 층과 이 층 사무실이 잘 보이는 바깥쪽 계단을 이용해 집으로 올라갔다. 오랫동안 일한 직원들이 많아 매장 판매원 빼고는 얼굴을 대부분 알고 있었다. 그런데 그 밤으로부터 몇 개월이 지난 어느 날, 그 남자가 보이지 않았다.

"아버지, 연말에 왔던 아저씨는? 요즘 안 보이네?"

"아, 그 녀석? 재고를 훔쳐 도망갔어."

아버지는 별일 아니라는 듯 태연하게 말했다. 마치 "엄마는 슈퍼에 뭐 사러 갔어."라고 말하는 것 같았다.

중학생인 나로서는 받아들이기 힘든, 상당히 충격적인 사건이었다. 일을 열심히 하는 듯 보였던 사람이 도리에서 벗어난 행동을 하는 것도, 별일 아니라는 표정으로 말하는 아버지도 도저히 납득할 수 없었다.

그 남자는 하필이면 한 해의 마지막 날 밤에 가족들 사이에 끼어들어 온 것 아닌가. 일을 열심히 하는 거라고 생각해서 아버지도 어머니도 나도 그의 행동을 뭐라 하지 않았는데.

현실에는, 만화에 등장할 것 같은 악인 분위기를 풍기는 사람만 있는 건 아니었다. 가슴이 벌렁거리지만 그것이 현실이었다.

얼마 전 갑자기 이 일이 떠올라서 아버지에게 자세한 이야기를 물어봤다. 아버지는 그때와 마찬가지로 별일 아니라는 듯 말했다.

"보석상은 직원이 재고를 훔쳐 가고 그래. 녀석은 명부까지 훔쳐 갔지만."

훔쳐 간 명부는 '괴문서'를 보내는 데 사용되었다고 한다. 괴문서란 아버지와 친한 H 씨 부부와 식사를 했을 때 잠깐 말했던 그것이다.

H 씨는 이렇게 말했다. "나는 새도 떨어뜨릴 정도로 엄청난 기세를 몰아 성공 가도를 달리던 아버지를 못마땅하게 여기던 녀석이 아버지가 부정을 했다느니 어쨌다느니 하는 내용의 팩스를 거래처에 보낸 적이 있었지. 팩스를 보낸 곳이 바로 남자가 훔쳐간 명부에 나와 있던 곳이었어."

그래, 그렇군. 명부를 그런 식으로 사용했었군.

"독립했습니다. 그치는 그렇게 구린 놈이니 이제 저한테 물건을 사 주십시오."

뭐 이런 영업 전략이라도 짰던 것일까? 아버지는 남자를 잡았지만 경찰에 넘기지는 않았다고 한다.

"그런데 입고할 때 상품 개수를 파악하잖아. 또 가게에서는 매일 재고 조사를 할 테고. 도대체 어떻게 훔친 거야?"

"나도 그게 궁금해서 물어봤지. 금목걸이가 들어오면 몇 개를 한 묶음으로 나눠서 얇은 천으로 싸는데 이게 수량이 꽤 많아. 재고 조사 때 천을 펼쳐서 개수를 세는데 녀석은 이때 슬쩍 한 묶음을 바닥에 떨어뜨렸다가 나중에 그걸 가져갔다고 하더군."

세상에나, 그런 유치하고 어설픈 수법이 통했다니! 그걸 떠나 그런 나쁜 놈을 그냥 풀어 줬다니! 아버지는 사람이 좋아도 너무

170

좋다.

괴문서가 돌아다녔지만 내용의 진위를 아버지에게 묻는 사람은 없었다. 거래처 높은 사람한테 "이런 게 돌아다니면 곤란해." 한 소리 들은 정도였다고 한다.

괴문서를 유포하는 진짜 의도는 비밀 폭로가 아니다. 누군가가 아버지를 증오하고 있다는 점을 떠벌려서 신용을 추락시키려는 것이 목적이다. 그 누군가가 내부 직원이라면 더욱 신용을 잃게 된다. 아버지는 회사를 최우선으로 생각하고 범인을 경찰에 넘기지 않은 것이다.

회사를 최우선으로 생각한다고 말하면 훌륭한 경영자처럼 보일 수도 있고, 직원을 고발하지 않았다는 점에서 괜찮은 면이 있다고 할 수도 있지만, 그렇다고 해서 아버지가 모든 직원에게 일관성 있는 태도를 취했다고 말하기는 어렵다. 하지만 매장 직원, 특히 여성에게는 다정했다.

내가 어렸을 때 토요일과 일요일 중 하루는 외식을 꼭 했었다. 당시에는 카폰이 있었고, 운전 중에 통화를 하는 것도 불법이 아니라서 아버지는 레스토랑까지 가는 동안 여기저기 매장에 잇달아 전화를 걸었다.

대화는 거의 일정했다. 먼저 아버지가 "수고 많네. 오늘은 어떤가?" 물으면 매장 직원은 아버지에게 그날 매상을 말한다. 매상이 좋을 때는 직원의 밝은 목소리가 전화기에서 새어 나온다. 그러면 아버지는 "아, 좋군. 뭐가 팔렸지? 그래? 요즘 감기가 유행한다니까 조심하고⋯." 하면서 몇 마디 덧붙이고는 전화를 끊었다.

매상이 나쁠 때도 거의 비슷하지만 다른 점이라면 팔리지 않은 이유를 묻지 않았다는 것이다. "그래? 힘드네. 오늘은 비가 와서 손님이 적었을 거야."라고 하거나, "요즘 경기가 안 좋으니까, 내일은 좀 더 파이팅하자고."라면서 직원 대신 당신이 이유를 분석했다. 그리고 무엇보다 아버지의 장점, 절대로 매장 직원을 책망하지 않았다.

어렸을 때 내가 보기에는, 매장에 나가서 일을 보는 것도 아니고 전화로 매출만 듣는 거라서 어쩐지 아버지가 땡땡이를 치는 것 같았다.

그런데 그게 아니라는 사실을 내가 제조에서 소매까지 하는 회사로 이직을 하고서야 비로소 알게 되었다. 평일보다 매상이 좋은 주말 동향은 한 달 목표 달성에 크게 영향을 준다. 그러다 보니 나도 주말 저녁에 담당하는 매장에 전화를 하지 않을 수 없었다.

판매에 소질이 있는 건 아니라서 매장에 가서 직접 돕는 건 생각도 못 했다. 오히려 짐이 될 게 뻔하니까 말이다. 매출이 나빴

다고 해서 온종일 서 있었던 판매원에게 전화로 뭐라고 할 생각
도 없었다. 단지 폐점 시간이 되면 매상을 묻는 전화가 걸려 온다
는 것을 매장 직원들이 알아 두었으면 좋겠다는 마음은 있었다.
아마 아버지도 같은 심정이었을 것이다.

주말 매상이 계속 안 좋으면 고객이 적은 평일에 매장을 방문
해 부진 요인을 찾기도 하지만 그렇게 한다고 바로 원인을 찾아
해결해 매상을 회복하는 일 또한 거의 없었다.

운 좋게도 나는 아직 일 관계로 누군가에게 사기를 당한 적도
없고 배신을 당한 적도 없다. 기분이 나빠질 정도로 질책을 받은
적은 있어도 큰 손해를 본 적은 역시 없다. 아버지는 어떨까? 배
신을 때린 그 남자 말고도 사기나 배신을 당한 적이 있을까.

"주식."

아버지가 대답했다.

그래, 주식이 있었구나.

가족의 정신적 지주인 어머니가 돌아가신 후 우리 집 경제 상
황은 완만하기는 했지만 하향 곡선을 그렸다. 귀금속 이외에 새
로 손을 댄 사업은 계속 적자를 면치 못했고, 여기에 최후의 일격
을 가한 것이 주식이었다.

일반적인 주식 거래로는 성이 안 찼는지 아버지는 벤처 기업

의 미공개 주식도 마구 사들였다. 그중 몇몇 기업은 결국 상장에 이르지 못했고, 내가 아는 한 투자한 돈을 회수한 적 역시 한 번도 없었다. 사기를 당했다기보다 그냥 멍청한 사업가였다고 해야 할 것 같다. 자선사업가라고 해도 좋고….

당시에는 귀금속 외에 벌인 일들은 모두 적자라서 은행 부채도 억 단위를 가볍게 넘기고 있었다. 그 사실을 알게 된 나는 왜 좀 더 일찍 손절하지 않았냐고 아버지를 힐책했다. 그때 아버지가 한 변명은 어이가 없었다.

"돈은 말이야, 눈에 띌 정도로 사라지는 게 아냐. 조금씩, 조금씩 줄어들지. 정신을 차리고 보면 그때서야 손을 쓸 수 없는 지경에 처했다는 걸 알게 되는 거야."

어머니가 살아 있었더라면 절대로 말도 안 되는 상황까지 추락하진 않았을 것이다. 엄청나게 싸워서라도 아버지를 말렸을 게 틀림없다. 위급한 상황에 아내는 강하다. 미움을 받든 어떻게 되든 상관없다는 필사의 각오로 임하기 때문이다.

아버지가 주식에 푹 빠져 제정신이 아니었을 때 아버지 옆자리를 여자들이 꿰차고 있었다. 말리기는커녕 아버지를 부추겨 주식을 사게 만들었다. 아버지와 떨어져 살고 있던 나는 모든 상황이 종결된 후 전모를 알게 되었다. 아버지가 사기를 당했다는 이야기를 듣겠구나 싶었는데 오히려 아버지한테 당했다는 사람들의 이야기를 듣고 말았다. 그 여자들도 아버지를 만나지 않았다면 혼자서 외롭게 노후를 맞이하는 일 따위는 없었을 것이다.

그런데 무일푼이 된 지금도 여전히 아버지의 옆에 있는 여자가 있다. 우리 집이 좀 넉넉했을 때 받았던 걸 보답이라도 하는 것인지 지금은 꽤 많은 돈을 아버지에게 쓰고 있는 듯했다.

아버지 사업은 어머니 도움으로 궤도에 올랐고, 유복한 살림 덕에 아버지는 무남독녀인 날 위해 아낌없이 돈을 썼다. 나는 이 점에 대해서는 진심으로 감사히 생각한다. 하지만 지금은 어떤가. 아버지는 빈털터리가 되었고 딸에게 사생활을 고백하는 조건으로 소재료(?) 비슷한 돈을 받고 있다.

어렴풋이 눈치는 채고 있었지만 아버지가 성공한 유일한 투자가 바로 '여자'다. 멀리 갈 것 없이 나만 봐도 그렇다. 선행 투자를 잘해 둔 덕에 지금도 훌륭하게 이자를 받고 있는 아버지…. 이 촉을 주식에서는 살리지 못했던 것이 안타까울 따름이다. 자신이 찍었던 '여자'는 모두 흑자인데 '주식'은 모조리 꽝이었다.

부글부글 끓어오르는 분한 마음을 꾹 참으며 표정 관리를 하는 나와 대조적으로 아버지는 유유자적 추억담을 읊었다.

"살날이 얼마 안 남았다 싶으니까 옛날 생각이 많이 나. 팬아메리칸 항공 객실 승무원도 있었지. '미스 스미토모'라고 불렸는데…. 지금은 뭐 하고 있을까. 죽기 전에 한번 만나고 싶네. 찾아

줄래?"

아버지이이이!

얼마나 투자했는지는 모르지만 투자금 회수는 머릿속 추억으로 퉁쳐 주라.

여자들의 모습은 상상해도 전혀 떠오르지 않는데, 그녀들이 아버지를 만나면 싱글벙글하며 즐거워하는 모습은 왠지 뚜렷이 머릿속에 떠오른다.

여기에 없는 사람

　일곱 시에 함께 저녁을 먹기로 약속한 아버지가 느닷없이 내가 일하는 곳에 얼굴을 내비쳤다. 아직 세 시가 막 지났을 뿐이다. 외출했는데 갑자기 스마트폰 배터리가 떨어져서 왔다고 한다. 집으로 돌아갔다 다시 나오는 건 귀찮다는 증언도 덤으로 붙었다.

　허리에 손을 대고 있어서 이유를 물어보니 치과에 갔다가 오는 길에 시나가와역 계단에서 발목이 접질려 넘어졌다고 한다. 그 바람에 앞에서 걸어오던 여자를 밀치는 끔찍한 일을 저질렀다며 풀이 죽어 있었다. 다행히 여자는 다치지 않았고 아버지도 가벼운 타박상 정도만 입었다. 라이트 블루의 깅엄 체크 셔츠가 잘 어울리지만 역시 할아버지는 할아버지다.

다리 힘이 없어진 노인은 발을 높이 들기 쉽지 않아 계단에 걸려 넘어지는 일이 잦다고 들었다. 재수가 안 좋으면 대퇴부 등 큰 뼈가 골절돼 그때부터 몸져누워 일어나지 못하는 경우도 있다고 한다. 또 생활 범위가 한정되면 치매에 걸리기 쉽다는 말도 있다. 아버지가 아침부터 밤까지 멍하니 앉아서 TV를 보는 일이 많아져 걱정이다.

일반적인 딸이라면, 크게 안 다쳐서 다행이라고, 비록 찰과상이지만 괜찮으시냐고 걱정해야 하겠지만, 나는 아버지가 몸져누울지도 모른다는 공포가 먼저 고개를 드는 바람에 그만 아버지를 힐책해 버렸다.

몸져눕는다니! 아버지와 어울리지도 않지만 나 역시 받아들일 수 없다. 늙음을 책망한들 어쩌겠나. 노화를 있는 그대로 받아들이지 못하는 나 자신이 한심했다.

아버지 스마트폰에 케이블을 연결해서 충전을 시작했고 그 사이에 아버지는 "아이고야, 아야야야야." 하며 사무실 의자에 앉았다. 주위 눈도 있고 해서 짜증이 나도 일단 자리에 앉았다. 저녁 약속 시간까지는 아직 네 시간이나 남았다. 그 전에 끝내야 할 일이 산더미다.

내가 몇 년 전에 생일 선물로 준 가방에서 아버지가 종이를 한 장 꺼내 내밀었다. '견적서'라고 적혀 있었다.

"이게 뭐야?"

"치과 갔다고 했잖아. 겸사겸사 해서 임플란트 견적을 받아 왔어."

견적서에는 일반인인 내가 이해할 수 없는 항목과 단가가 적혀 있었고 합계란에는 백만 엔이 조금 넘는 액수가 선명했다. 세상에나! 아주 훌륭한 금액이다. 이것을 보여 준다는 말은 내게 지불할 의사가 있는지를 슬쩍 떠보러 왔다는 거군. 돈이 필요할 때는 거의 직접 찾아오기 때문에 너무 뻔하다.

"안 돼."

나는 1초도 주저하지 않고 바로 받아쳤다.

"왜?"

"당연하잖아. 만약 아버지가 내년에 돌아가시면 일 년 쓰자고 이빨 하나에 오십만 엔이나 들여야 한다고. 아까워서 화장하고 난 다음에 찾을지도 몰라."

불과 얼마 전에 부녀가 모두 왼쪽 아래 어금니가 빠져 있다는 걸 우연히 알게 되었고 가난뱅이티를 동시에 팍팍 내는 것이 우리에게 잘 어울린다고 의기투합해 놓고서 이렇게 손바닥 뒤집듯 후다닥 임플란트 견적서를 뽑아 와도 되는 거냐고? 비용도 비용이지만 뼈에 구멍을 뚫는 것이 두려워 나는 당분간 이대로 있을 생각이었는데 말이다.

"하지만."

아버지도 물러서지 않았다.

"내가 죽으면 백만 엔 정도 보험금이 나오니까 벌충할 수 있어."

조직폭력배들이나 할 법한 거래를 딸에게 제안하는 부모가 어디에 있을까 싶었는데 여기 있었다.

"아~ 아~" 하고 한숨을 쉬며 아버지를 봤다. 예전엔 생명 보험도 여러 개 들었지만 돈이 없어서 야금야금 해약해 버렸다.

아버지는 옛날부터 이빨에 집착하는 경향이 있었다. 깔끔한 이빨이 아니면 용서가 안 되는지 나도 어릴 적에 치아 교정을 당했다. 식사 때나 잘 때는 뺄 수 있는 교정기였는데 급식 판에 올려 두었다가 까먹는 바람에 급식실로 달려간 적도 여러 번 있었다. 나처럼 교정을 하던 친구들은 같은 실수를 하는 경우가 많았으니까 아마 급식실 여기저기에 아이들 교정기가 굴러다녔을 것이다.

어머니도 결혼하기 전까지는 치열이 고르지 않았는데 결혼을 계기로 아버지가 모두 고쳐 준 것 같다. 젊었을 때 엄마 사진을 보면 이가 보이도록 활짝 웃고 있는 모습이 거의 없다. 이가 살짝 보이는 사진이 있긴 하지만 역시 치열이 썩 좋아 보이진 않았다.

아버지가 서른 중반이고 내가 두 살이었을 무렵, 아버지가 나를 자전거에 태우고 가다가 크게 넘어진 적이 있었다고 한다. 당연히 나는 너무 어려서 그때 기억이 없다

"어렸을 때 넌 참 귀여웠어. 지금과는 달리 날 잘 따랐고. 외출할 때 '나갈까?' 하면 내 다리에 착 달라붙었지. 다바타에 있는 공장에 갈 때였는데 자전거 앞에 널 태우고 달렸어. 그런데 고토토리 거리 근처 차도에서 쾅 하고 옆으로 넘어졌어. 나는 괜찮았지만 네가 자전거에서 떨어져 버렸지. 얼마나 울던지. 머리에 큰 혹이 생겼고. 혹이 점점 커지더군. 서둘러 집으로 돌아가긴 했는데 엄마한테 엄청나게 혼났어."

어머니한테 어찌나 혼쭐이 났는지 그 후 아버지는 자전거에 나를 태우고 다니지 않게 되었다고 한다. 그때의 충격으로 뇌에 장애가 생겼을지도 모른다는 아버지의 쓸데없는 걱정은 오래도록 계속되어서 내가 스무 살 때 유학을 떠나기 전에는 병원에 가서 MRI와 CT 촬영까지 하게 되었다. 물론 아무 이상도 없었다.

"네 엄마는 말이야, 화를 낼 때는 불같지만 뒤끝이 없어."

자전거 얘기를 하다가 아버지는 불쑥 어머니를 회상하기 시작했다.

내가 태어나기 훨씬 전의 일이라고 한다. 자동차를 좋아하는 아버지는 이스즈 자동차에서 나온 117 쿠페에 눈독을 들이고 있었다. 시승해 보니 역시나 마음에 들었지만 엄마의 맹렬한 반대에 부딪혀 단념해야 했다. 하지만 도저히 욕망을 억누를 수 없었던 아버지는 어머니 몰래 딜러에게 전화를 해 "사겠다."고 말해 버렸다.

"딜러가 눈치가 없는 녀석이었지. 글쎄, 집까지 찾아와서는 '계약서를 가지고 왔습니다.'라고 하더라니까. 눈치도 없지만 어이도 없는 녀석이었지. 네 엄마가 길길이 뛰고 화를 내고 난리도 아니었어."

그래도 그 사건은 거기서 그쳤던지, 아버지가 어머니와 즐겁게 드라이브했던 추억을 얘기했다. 아버지는 추억에 잠긴 것 같았지만 이야기를 듣던 나는 점점 두려워졌다.

아버지도 어머니도 당시에는 진심으로 서로 사랑하고 있었을 것이다. 틀림없다. 하지만 내가 철이 들고 세상사를 알게 되었을 무렵 아버지와 어머니는 다른 길을 걷고 있었던 것 같다. 사이가 나쁜 건 아니었다. 인간으로서 서로를 필요로 하고 있는 그런 유형의 부부였다. 오래 함께 살면서 쌓인 정도 보였다. 서로 사랑하고 있었냐고 묻는다면 그랬다고 분명히 말할 수 있다. 그러나 남자와 여자 간에 있는 그런 것이냐고 묻는다면 고개를 갸우뚱하게 된다. 어머니가 자주 말했던 것처럼 우리 가족은 나이 차이가 많이 나는 오빠와 나 그리고 엄마 이렇게 셋이니까.

아버지는 텅 빈 가슴을 밖에서 채웠지만 어머니는 주체하지 못하는 감정을 어떻게 어루만졌을까. 세월과 함께 변해 가는 관계를 두 사람은 어떻게 받아들였을까. 그런 것도 부부 사이의 일이라고 말하면 할 말은 없지만 그런 관계가 되기까지 되풀이해야 했던 포기와 상심 그리고 후회는 어디로 가 버렸을까.

어머니가 아직 살아 계셨을 때 집에 놀러 온 친구가 어머니에게 결혼이란 무엇이냐고 묻자, 어머니는 이렇게 대답했다고 한다.

"그 사람을 죽을 정도로 사랑했다는 기억과 돈이 있으면 결혼은 유지할 수 있어."

내가 친구로부터 이 이야기를 들은 것은 어머니가 돌아가시고 나서 꽤 시간이 흐른 후였다. 하지만 어머니는 이렇게 중요한 걸 내게는 하나도 알려 주지 않았다.

"아, 맞아. 네가 멀미해서 새로 산 BMW에 토한 적도 있었지. 토한 게 에어컨 통풍구로 들어가 버리는 바람에 어찌나 냄새가 나던지. 그것도 계속!"

아버지에게 '싫증', '지루' 그런 단어는 존재하지 않는다. 같은 공간에서 같은 이야기를 하면서도 아버지와 딸의 머릿속에서는 전혀 다른 추억이 재생됐다.

아버지가 쉬지 않고 이야기를 하는 바람에 도대체 일에 집중할 수 없었다. 그래서 근처 마사지숍을 예약하고 아버지를 그곳으로 보내 버리기로 했다. 마사지가 끝날 즈음 내 일도 거의 끝날 것이다.

내 계획을 전하자 아버지는 일말의 주저도 없이 "내 담당은 아줌마라도 좋으니까 여자로 해 줘."라고 말했다.

마사지를 받은 아버지와 함께 일하는 곳 근처에 있는 이탤리언 레스토랑으로 향했다. 우리 둘 모두 이탈리아 요리를 좋아하지만 아버지도 나와 마찬가지로 최근 요 몇 년 사이 몸이 밀가루 음식을 거부하는 증상을 보이고 있다. 파스타만 안 먹으면 될 것 같아 카프레제와 도미카르파초, 송아지가쓰레쓰, 소볼살레드와인조림을 주문했다. 도미카르파초가 아버지 입에 맞는 듯해서 나는 내심 기분이 좋았다.

맛있게 먹는 건 좋지만 아버지는 입을 열고 있는 시간이 전보다 길어졌다. 나이를 먹으면 동작이 둔해져서 커트러리식사용 도구로 나이프 세트, 포크, 스푼 등을 뜻한다.가 입에 닿을 때까지 시간이 걸려서 입을 계속 벌리고 있게 되는데 그게 참, 입 안이 훤히 다 보여 흉하다. 입을 벌리고 있지 말라고 한마디 하자 아버지는 "네, 네."

하고 대답한다. 아버지는 내가 무슨 말을 하면 무조건 '네, 네' 대답하면서도 내가 없을 때는 당신이 하고 싶은 대로 한다.

지난주에는 내가 보낸 것을 잘 받았다고 아버지로부터 연락이 왔다. 신문물을 가르쳐 줄 좋은 기회라고 생각해 사진을 LINE 메신저로 전송하는 방법을 알려 주고는 내가 준 걸 찍어 보내라고 했다. 의외로 사진이 금방 도착했길래 수상쩍어서 사진을 열어 보니 아버지가 찍었다는 사진 한 귀퉁이에 아버지가 찍혀 있었다. 직접 찍지 않은 증거가 분명히 있는데도 당신이 찍었다고 바득바득 우겼다.

나는 누가 찍었는지 대충 짐작이 가서 "고맙습니다. 아버지에게 연습시키고 있으니까 아버지한테 직접 찍으라고 전해 주세요."라고 메시지를 보냈다. 곧장 "마술"이라고만 대답이 왔다. 이 장난의 주인공은 아버지다. 아마 분명히 자신을 세기의 마술사라고 뻔뻔스레 생각하고 있을 게 분명하다.

소볼살레드와인조림을 먹으면서 다음 성묘 예정을 세웠다. 문득 치카코 누님이 떠올랐다.

아버지는 합장할 때 꼭 "치카코 누님, 조상님, 항상 지켜봐 주셔서 감사합니다."라고 말한다. 아버지는 삼 형제 중 막내로 누님이 없다. 그럼 치카코 누님은 도대체 누굴까?

"내가 태어나기 전에 있었대, 여자애가. 그런데 태어나자마자 죽었어. 정말 바로 죽었기 때문에 형님들도 치카코 누님은 모르더라고. 부모님은 아들 둘에 딸 하나, 이렇게 끝낼 예정이었는데 그만 딸이 죽어 버린 거야. 한 명 더 낳자고 해서 태어난 애가 나야. 치카코 누님이 살았더라면 나는 이 세상에 없었어."

아버지가 묘 앞에서 불쌍하다는 듯 치카코 누님의 이름을 말하는 이유를 알았다.

갑자기 어머니 생각이 났다.

"어머니가 유산 몇 번 했지?"

"내가 알고 있는 건 세 번."

치카코 누님의 죽음이 없었다면 아버지가 이 세상에 없었듯, 이름도 가지지 못했던 세 명이 무사히 태어났다면 나도 이 세상에 존재하지 못했을 것이다.

태어나기 전 사정을 아버지와 나는 알지 못한다. 생명을 교환 조건으로 태어난 건 아니지만 그래도 왠지 눈치가 보이고 불편한 느낌에 주눅이 들 때가 있다. 특히 나는 힘들게 받은 유전자를 다음 세대에 남길 예정도 없어서 더욱 그렇다.

슬픈 일이 일어난 후 태어난 아버지와 나…. 이렇게라도 태어난 것이 좋았던 걸까? 대답할 수 있는 사람들이 이젠 여기에 없다.

다시 한번 누마즈

바닷가 주차장에 차를 세우고 조수석 문을 열었다. 무거운 열기가 뻔뻔하게 자동차 안으로 밀고 들어온다. 밖으로 낸 왼쪽 다리가 불에 닿은 것처럼 뜨겁다. 이 정도라면 가볍게 삼십 도는 넘을 것 같다. 오른손으로 햇빛을 가리며 소나무 숲으로 들어갔다.

올해 여름, 누마즈를 찾았다. 두 번째다. 처음 왔을 때는 미처 생각하지 못했지만 오늘은 갑자기 아버지가 피란 왔던 곳이라는 사실이 떠올랐다.

1945년 7월 17일, 대공습이 벌어졌다. 일곱 살의 아버지가 하늘에서 떨어지는 소이탄을 피해 소나무 숲으로 도망간 날로부터 칠십이 년이나 지났다.

스루가만 근처에 위치한 센본하마 공원에는 한 아름 정도 되는 굵기의 소나무가 일 미터 간격으로 천 그루 정도 심어져 있었다. 도쿄도 정원 공원에서 볼 수 있는 존재감 있는 소나무와는 전혀 달랐다. 밀집해 있어서 침엽은 꼭대기 주변에만 무성하다.

나무들 사이를 요리조리 피해 나 있는 오솔길은 어른 둘이 겨우 지나갈 수 있을 정도밖에 되지 않는다. 휴일이지만 지나다니는 사람들은 드물었고, 그나마 개를 산책시키려고 나온 것 같았다. 이 근처에서는 개 산책 코스로 유명한 곳인 듯했다.

적막한 소나무 숲으로 바닷바람이 불어와 날 다정하게 어루만진다. 가지들이 뜨거운 햇빛을 적당히 막아 주는데 가지 사이를 밀치고 들어온 태양이 여기저기 예술 같은 빛과 그림자를 만들고 있다.

크게 심호흡을 해 본다. 왠지 기분이 좋아지는 곳이다. 소나무가 뿜어내는 강한 자아에는 익숙해질 것 같지 않았는데 이곳 소나무는 그런 위압감이 없어서 좋다. 끝없이 이어지는 오솔길을 천천히 걸으며 한여름의 더위에서 잠시 떠나 본다.

소나무 숲은 앞으로도 뒤로도 계속 이어져 있었다. 할아버지가 증조할머니를 버린 때는 한밤중이었다고 하니 리어카 버린 곳을 다음 날 아침 찾지 못했다 해도 어쩔 수 없다. 나는 잠시 멈춰 서서 하늘을 올려다보며 새까만 하늘에서 폭격기의 굉음이 울리던 그때를 상상했다.

얼마나 무서웠을까. 막 소학생이 된 아버지 그리고 할아버지, 할머니, 리어카에 실린 증조할머니, 소이탄에 맞아 한쪽 팔이 떨어져 나간 중학생, 우왕좌왕 도망치는 군중들 옆을 마사에서 도망 나온 말이 미친 듯 달려간다.

지옥이다. 이렇게 평화로운 곳이 칠십이 년 전 저녁에는 분명 아비규환이었다.

소나무는 모두 육지 쪽으로 비스듬하게 자라고 있었다. 바닷바람 때문인지 어떤지는 알 수 없지만 여리디여린 소나무는 자신의 의사와는 상관없이 같은 방향을 향하고 있었다.

"도망갈 때는 자신이 앞장서서 가지 않아. 누군가가 달려 나가면 그 뒤를 사람들이 따라가지. 왜 그쪽으로 도망치는지 아무도 몰라."

아버지의 말이 떠올랐다.

새빨간 매니큐어

케어 하우스에서 살고 있던 이모가 돌아가셨다. 너무 갑작스럽게 일어난 일이라서 친족 중 누구 하나 곁을 지킬 수 없었다.

나는 저녁이 되어서야 이모가 돌아가셨다는 사실을 알게 되었다. 점심때부터 위독했었다는 얘기를 듣고서 그제야 휴대전화 전원이 꺼져 있다는 걸 떠올렸다. 서둘러 전원을 켜자 사촌으로부터 '위독'이라고만 적힌 짧은 문자가 몇 시간 전에 와 있었다. 이때까지 이모는 아직 살아 계셨는데….

나는 후회했다. 아버지에게 연락하자 아버지는 어느 정도 생각을 하고 있었는지 담담히 이모의 죽음을 받아들였다.

작년 오월, 아버지와 둘이서 케어 하우스를 찾은 이후 아버지는 혼자서 두 번 정도 더 이모를 찾아갔다. 만날 수 있을 때 부지런히 만나 둬야 한다는 것을 아버지는 알고 있었던 것일까.

그러나 나는, 단 한 번뿐이었다. 어머니를 잃었는데도 나는 죽음을 앞둔 사람의 마음을 여전히 모른다.

마지막으로 이모를 방문한 것은 이월 말경이었다. 방에 들어가자 먼저 와 있던 사촌이 이모와 함께 나를 반겼다. 휠체어를 탄 이모는 무척 기뻐했지만 지난번에 왔을 때보다 정신이 흐릿한 듯 보였다. 미소를 짓고 있기는 한데 표정에 힘이 없었다.

손님이 찾아오는 것만이 유일한 낙인 것처럼 보여 가슴이 아렸다. 머리 염색을 한 지 꽤 시간이 지났는지 짧은 머리의 뿌리 쪽이 희었고, 평소 진하게 바르던 입술도 색이 없었다. 눈앞에 있는 사람은, 자립심과 호기심이 왕성하던, 내가 알고 있는 이모가 아니었다.

케어 하우스에는 면회 시간이 정해져 있다. 뭐든 해야겠다는 욕구가 점점 강해졌지만 무엇을 어떻게 해야 할지는 도통 생각이 나지 않았다. 그때 누가 먼저라고 할 것 없이 이모를 밖으로 데리고 나가자고 했다.

잠시라면 괜찮을 거야. 그냥 나가는 외출이 아니라 뭔가 즐거운 축제 같은 일을 해 보고 싶다. 이모가 입을 코트를 꺼내려고 옷장을 열었더니 보라색 숄, 핑크색 무릎 덮개, 빨간색 스톨이 눈에 들어왔다. 얼른 코트와 숄을 꺼내 이모에게 입히고 털이 달린 베레모를 씌웠다. 역시 이모는 화려한 색이 잘 어울린다.

요양원 여성 입소자에게 화장을 해 줬더니 표정이 밝아졌다는 이야기를 TV에서 본 적이 있다. 나는 가방에서 파우치를 꺼내 이모 얼굴에 파운데이션을 바르고 눈썹을 그린 다음 볼에 블러셔를 톡톡 두들겼다. 그리고 빨간 립스틱을 꺼내 곱게 발라 드렸다. 빨간 입술은 이모의 트레이드마크다.

"엄청 예뻐. 진짜 예뻐."

사촌이 환호성을 질렀다.

"듣기 좋은 말도 참 잘해. 근데 볼에 점이 너무 많네."

이모도 싫지 않은 모양으로 거울을 보면서 모자를 고쳐 썼다. 또 립스틱이 잘 스며들도록 위아래 입술을 비볐다. 마치 시들었던 꽃이 물을 흡수해서 기지개를 펴며 생기를 되찾는 모습 같았다.

"올해 예순하나야."

팔순을 넘긴 이모가 시치미를 뚝 떼고 진지하게 말해서 사촌과 나는 큰 소리로 웃었다. 활기를 되찾은 이모를 모시고 우리는 다 같이 어디로 여행이라도 가는 양 수다를 떨며 떠들썩한 분위기에 젖었다.

 케어 하우스에서 걸어서 십 분 정도 되는 곳에 있는 마트까지 휠체어를 밀고 갔다. 꼿꼿이 선생님인 이모는 길가에 핀 작은 꽃과 화단을 발견할 때마다 가까이 가자고 부탁했다. 아니, 지시했다. 목소리는 이전보다 약해졌지만 아직 강단이 남아 있어서 안심했다. 이렇게 가다가는 마트까지 꽤 시간이 걸릴 것 같지만 그래도 좋은 거 아닌가 싶었다.

 도착한 마트는 생각보다 넓어서 우리는 갑자기 의욕이 생겨났다. 이모가 원하는 건 뭐든지 사 주자. 또 언제 외출할 수 있을지 모르니까…. 자력으로 움직일 수 없는 사람은 쇼핑으로 스트레스를 해소하는 것조차 마음대로 할 수 없다.

 이모가 피곤해지지 않도록 조심스레 휠체어를 밀면서 마트를 샅샅이 훑을 것처럼 천천히 돌았다. 그리고 조금이나마 이모가 흥미를 보이면 바로 카트에 넣었다.

 "얼마 후면 히나마쓰리3월 3일에 여자아이들을 위해 여는 행사니까."라며 분홍색, 흰색, 녹색이 켜켜이 쌓인 다이아몬드 모양 젤리 과자를 이모가 가리켰다. 계절이 바뀌는 모습을 소중히 여기는 이모다운 선택이었다.

 큼지막한 딸기도 카트에 넣었다. 커피나 코코아를 마시고 싶다고 해서 스틱 모양의 인스턴트커피와 코코아도 담았다. 이모가 좋아하는 김전병과 새우전병, 견과류, 말린 과일, 만주도 담았다. 다 먹지 못해도 상관없다. 이모가 가리키면 무조건 카트에 넣었다.

이모의 눈이 가장 반짝거린 곳은 냉장 케이스에 들어 있는 흰살생선 코너, 윤기 나는 참치가 진열되어 있는 회 코너였다. 케어하우스의 식사는 완벽하게 균형 잡힌 식단이지만 취향까지 만족시키지는 못했다. 나는 참치회를 카트에 넣었다. 저녁밥을 못 먹을 수도 있지만 가끔은 좋아하는 것을 원 없이 먹는 것도 좋지 않을까.

사촌이 계산대에 서 있는데 이모가 꽃다발을 손가락으로 가리켰다. 마트에서 흔히 팔고 있는 빈약한 꽃다발이었다. 예전의 이모라면 쳐다보지도 않았겠지만 지금의 이모에게는 그런 꽃다발도 소중했던 것 같았다. 사촌이 하나 골라서 얼른 카트에 넣었다.

계산원이 바코드를 찍는 모습을 보며 기다리고 있는데 어린 여자아이가 이모를 향해 아장아장 걸어왔다. 어린아이가 발산하는 싱싱하고 신선한 생명력이 주변에 퍼지고 이모는 환하게 미소를 지으며 아름다운 목소리를 냈다. 아이가 서 있는 곳에만 햇빛이 비치는 것처럼 밝게 빛나고 있었다. 아이의 서툴지만 싱싱한 걸음걸이와 통통한 손가락 끝에서 나오는 따뜻한 파동에 자극받아 이모도 빛이 났다. 아이의 생명력이 이모를 순식간에 강하게 자극하며 움직이게 만드는 것을 목격한 나는 그만 압도되고 말았다.

쇼핑을 끝낸 후에도 아직 가능한 일이 있지 않을까 하는 기분이 들어 가만히 있을 수 없었다. 그때 마트 밖을 쳐다보니 횡단보도 앞에 대형 드러그스토어의약품을 중심으로 생활 잡화, 식품 등을 판매하는 곳가 보였다.

"잠깐 기다려."

나는 사촌에게 휠체어를 맡기고 드러그스토어로 달려가서 딱 좋은 크기의 양동이와 입욕제를 샀다.

케어 하우스로 돌아오자마자 이모는 빨리 회를 달라고 재촉했다. 얼른 먹고 싶다는 표정을 지으며 참치를 몇 점이나 맛봤다. 딸기도 한 알 먹고 김전병도 먹었다.

심장이 움직인다고 살아 있는 건 아니다. 외적 자극이 사람에게 생기를 더한다. 자유롭게 움직일 수 없게 된 지금은 예전의 일상을 조금이나마 따라 하는 것만으로도 오락거리가 될 것이다.

나는 양동이에 따뜻한 물을 가득 담고 입욕제를 넣은 다음 손으로 휘휘 저었다. 휠체어 발 받침대를 치우고 퉁퉁 부은 이모의 발에서 양말을 벗긴 다음 따뜻한 물이 담긴 양동이에 넣었다.

"아, 따뜻하고 좋아."

이모 말에 내 마음도 서서히 따뜻해졌다.

양말 자국이 선명하게 남아 있을 정도로 부은 발을 따뜻한 물에 넣고 주무르자 각질이 수면 위로 둥둥 떠올랐다. 목욕 서비스를 받고는 있다는데 대충 샤워만 하는 정도는 아닌지 모르겠다. 끊임없이 떠오르는 각질에 가슴이 아팠지만 그렇다고 경솔하게 '가엾다'는 말을 입에 올릴 수도 없었다. 왜냐면 나는 그 순간까지 이모를 위해 아무 일도 하지 않았으니까.

따뜻한 물속에서 이모 발을 마사지하는데 뭔가 손에 걸렸다. 왼쪽 발을 들어 올리자 엄지발가락 발톱이 무척 길었다. 손톱깎이로 깎을 수 있는 수준이 아니었다.

간호사를 불러 물어보자 걷지 않아서 발톱을 깎으면 살로 파고들기 때문에 그냥 이렇게 놔둔다고 한다. 확실히 이모의 발톱은 내성 발톱 같은 모양새를 하고 있었다. 발톱을 처리하려면 병원에 가야 한단다.

사람의 발은 자력으로 걷는 것을 전제로 디자인되어 있다. 본래 모습의 발로 있기 위해서는 발바닥에도 외적 자극이 필요한 것이다. 가능하면 병원에 모시고 갔으면 좋겠다고 간호사에게 부탁했지만 애매한 대답만 돌아왔다. 거기까지 신경 쓰기에는 사람 손이 부족한 것일까. 그렇다고 해서 평일에 내가 병원에 데리고 갈 수 있는 것도 아니다. 어쩔 수 없는 무력감이 슬금슬금 차오르기 시작했다. 이모는 아무 말 없이 우리들의 대화를 듣고 있었다.

장례식 날 저녁에 이모의 영정을 보면서 단 세 번 찾아갔던 일을 떠올렸다. 처음에 갔을 때 나는 꽃 색칠하기와 색연필을 선물로 가지고 갔다. 심심할 때 색칠을 하면 좋을 것 같았고 그렇게 손가락을 움직이면 치매 예방에도 효과가 있을 거라는 생각도 있었다.

하지만 이모는 단 한 번도 꽃 그림에 색칠을 하지 않았다. 아주 나중에야, 색칠하는 시간을 공유하는 것까지가 선물이어야 했다고 깨달았지만 너무 늦었다. 사서 주기만 하다니…. 마치 아버지 같다.

영정 속 이모는 이모다운 웃음을 띠고 있었다. 빨간색에 흰색 무늬가 들어간 재킷을 입고 입술에는 빨간색 립스틱을 발랐다. 에너지가 넘쳐 보였다. 그래, 이래야 이모지.

제단은 꽃꽂이 선생님인 이모에게 잘 어울릴 만큼 화려했다. 세 개의 단에 꽂힌 꽃들은 흰색을 중심으로 통일되어 있었고 군데군데 팔레놉시스, 백합, 스위트피, 큰 국화, 물망초가 꽂혀 다채로웠다. 그 위를 소국이 완만한 곡선을 그리고 있어서 마치 작품 같은 느낌을 풍겼다. 감탄이 절로 나왔다.

하지만 너무 가련하다고나 할까, 아니면 그런 느낌이 들어 아쉽다고나 할까. 이모다운 호기로움과 대담함이 살짝 빠져 있는 듯했다. 이모가 살아 있다면 더욱 자연스럽고 활기 넘치는 작품이 되었을 것이다. 온순하고 얌전한 꽃 제단이야말로 이모가 이 세상에 존재하지 않는다는 증거라는 생각이 들었다. 누군가의 부재는 언제나 예상치 못한 곳에서 불쑥 도드라진다.

"장례식인데 이모가 지시하는 소리가 들리지 않으니까 왠지 이상해."

사촌이 중얼거렸다. 이모는 지시하고 정리하는 성격이라, 장례식에서는 누가 먼저 향을 올려야 한다는 둥, 절은 어떻게 해야 한다는 둥 이러니저러니 잔소리가 많았다. 그런데 오늘은 한없이 조용했다.

장례식이 거의 끝날 즈음 이모를 보러 갔다. 관 안에 누워 있는 이모는 장례 지도사가 해 준 평범한 화장을 하고 있었다.

나는 가방에서 화장 파우치를 꺼냈다. 케어 하우스에서 했던 것처럼 눈썹을 그리고 투명할 정도로 하얗게 된 볼에 블러셔도 칠하고, 새빨간 립스틱은 좀 그런가 싶어서 옅은 코럴 베이지를 가볍게 칠했다.

'이모, 예뻐.'

장례 지도사에게 빨간색 립스틱을 관에 넣고 싶다고 하자 곤혹스러운 표정을 지었다. 플라스틱이나 금속은 유해 가스를 내거나 다 타지 않아서 정중히 거절하고 있다고 했다. 찬물을 한 바가지 뒤집어쓴 것 같았지만 어쩔 수 없었다.

"어머, 지금이라도 눈을 뜰 것 같아."

관을 들여다보며 큰이모가 미소를 지었다.

"그렇죠?"

나는 조용히 대답했다.

혈색이 돌아온 듯한 이모의 얼굴은 드라이아이스에 둘러싸인 대리석처럼 차갑다. 두 번 다시 눈을 뜨지 않는다는 것을 내 손가락 끝은 알고 있었다. 어머니 때도 이렇게 차가웠다.

"혼자는 힘들어."

나보다 나이가 훨씬 많은 사촌이 일부러 그러는 듯 퉁명스럽게 말했다. 배우자가 없는 나는 모두에게 걱정거리다.

"혼자 아냐."

나는 괜히 센 척 대답하며 관 옆을 떠났다.

자리로 돌아오자 유품 중 이모가 내 몫으로 남긴 액세서리가 테이블 위에 펼쳐져 있었다. 벨벳과 가죽으로 된 액세서리 케이스에는 긁혀서 생긴 듯한 빨간색 선이 나 있었다. 손으로 만져 보니 매니큐어 자국이었다. 매니큐어가 채 마르기 전에 액세서리를 집으려는 성질 급한 이모의 모습이 떠올랐다.

이모의 손톱은 입술과 마찬가지로 언제나 빨갛게 칠해져 있었지만 벗겨져 있는 경우가 대부분이었다. 그랬다, 그런 사람이었다. 약간 벗겨져도 상자에 매니큐어가 묻어도 신경 쓰지 않았다.

씩씩하고 도량이 넓은 이모가, 이제 여기에 없다.

징조

옛날 집에 살던 시절, 우리 집 식탁에는 언제나 무라카미카이신도村上開新堂의 산호색 캔이 놓여 있었다. 무라카미카이신도는 도쿄에 있는 백사십 년 전통의 쿠키 전문점이다. 회원 소개가 있어야만 구입할 수 있는데, 이미 예약이 다 차서 이 년 이상 기다려야 하는 전설의 상점이다. 한마디로 아무나 살 수 없다.

설명은 이쯤 하고 그 무라카미카이신도 캔에는 쿠키가 아니라 아버지 약이 들어 있었다. '감기에 걸리면 곧장 병원으로 달려간다'가 신조인 아버지는 약 수집가이기도 했다. 먹고 남은 진통제,

항생제, 종합 감기약, 위장약 등이 조금씩 들어 있었다.

어머니 상비약은 오타이산 소화제 이름으로 전자레인지 위에 놓여 있었다. 엄마는 속이 금방 거북해지는지 저녁밥을 먹고 난 후 동그란 캔을 열어 플라스틱 숟가락으로 흰색 가루를 떠서 물과 함께 먹었다.

십 킬로미터 앞에서 부는 미풍조차 피부로 느끼는 게 아닐까 싶을 정도로 아버지는 몸 상태에 민감한 남자다. 조금만 이상하면 바로 온갖 검사를 다 받지만 구십구 퍼센트 별 이상이 없다.

그런데 어느 날 아버지는 일 퍼센트에 걸리고 말았다. 무슨 검사로 발견했는지는 잊어버렸지만 술을 안 마시는데도 불구하고 간경변 바로 직전 단계였다. 그때 아버지는 오십 대 중반이었고 나는 대학생이었다. 진단은 C형 간염으로 인터페론 치료를 받기 위해 가나가와현 가지가야에 있는 도라노몬 병원 분원에 입원했다. 나무도 많고 공기도 좋은 교외 병원이었다.

원래도 손이 많이 가는 아버지인데 입원까지 했으니 우리 집은 한바탕 난리가 났다. 어머니는 매일같이 식사를 만들어 가지가야까지 가지고 갔지만 내 일에만 매달려 있던 나는 어쩌다 한 번씩 어머니와 같이 가는 정도였다. 사실 가지가야에서 있었던 일은 거의 기억을 못 한다.

침대에 누워 있는 아버지의 얼굴빛은 그리 나빠 보이지 않았지만 인터페론 부작용 때문인지 축 처져서 침대에 누워 있었다.

"네 엄마를 많이 기다렸어. 창문을 내다보면 열심히 걸어서 언덕을 올라오는 것이 보이는데 왠지 힘들어 보이더라. 나보다 더 지쳐 있었어."

가지가야 이야기가 나오면 아버지는 꼭 이 얘기부터 먼저 한다. 나도 아버지도 너무 태평해서 우리 집에는 또 다른 큰 사건이 진행 중이었다는 것을 알아차리지 못했다.

아버지가 퇴원하는 것과 동시에 어머니가 오타이산을 먹는 빈도가 늘었다. 얼굴빛은 안 좋았고 몸은 말라서 구부정해졌다. 약으로 좋아질 것 같지 않았지만 어머니는 도무지 병원에 가지 않았다. 제발 검사 좀 하라고 부탁하듯 말해도 "매년 건강 검진을 하니까 괜찮아."라고 말할 뿐이었다. 이때 이미 어머니는 모든 것을 알고 있었던 것 같다.

내가 막 대학을 졸업했을 무렵이다. 건강이 무척 안 좋아졌지만 어머니는 이탈리아로 여행을 떠났다. 이탈리아를 좋아했던 어머니에게 그 여행은 엄마 역할에 종지부를 찍는 졸업 여행이었을지도 모른다. 열흘간의 여행을 마치고 돌아온 어머니는 "이탈리아에서는 몸 상태가 좋았어."라고 말했다. 그러나 이탈리아가 부린 마법은 그리 오래 가지 않았다.

나는 사회인이 되었고 밤낮으로 정신없이 일하게 되었다. 그야말로 나 자신의 일이 머릿속에 가득해 어머니에게까지 신경 쓸 겨를이 없었다.

아버지는 몇 번인가 더 인터페론 치료를 받기 위해 입원했는데, 어머니는 건강이 좋지 않으면서도 아버지를 간호했다. 어머니의 몸은 날로 나빠졌다. 나는 "부탁이니까 제발 병원에 가. 응?" 애원했다.

주치의에게 다녀온 어머니 표정이 딱딱하게 굳어 있었다. 식탁에 놓인 소개장에는 암 전문 병원 이름이 적혀 있었다.

당시 내게는 좋은 일과 나쁜 일이 일 년마다 교대로 찾아와서 무슨 징크스 같다는 생각을 하곤 했다. 징크스에 따르면, 그해는 나쁜 일이 생기는 해…. 안 좋은 예감이 들었다.

"작년에 좋은 일이 있어서 올해 이런 걸까…."

"그만해. 엄마도 알고 있어."

혼자서 감당할 수 없을 것 같은 기분이 들어 무심코 혼잣말처럼 내뱉었는데 짜증과 초조함 그리고 불안에 휩싸인 어머니가 내 말을 막았다. 쏘는 듯한 말투였다. 평소 어머니는 날것 그대로의 감정을 토하는 일이 없었는데 그날은 어머니의 생생한 감정이 고스란히 전해졌다.

1996년 여름. 검사 결과가 나오는 날 나는 라이브 공연에 갈 예정이었다. 티켓을 미리 구해 놨던 데다가 목을 빼고 기다리던 공연이라서 무슨 일이 있어도 가고 싶었다. 그런데 어머니가 병원에 같이 가자고, 그렇게 해 줬으면 좋겠다고 말했다. 그런 상황에서도 나는 여전히 내가 우선이었고 입원한 아버지한테 가서는 무정하고 한심한 말을 쏟아내고 말았다.

"아버지가 입원 같은 거 하니까, 내가 갈 수밖에 없잖아!"

옆 침대에 누워 있던 노인이 우리 대화를 듣다가 몸을 일으켜 나를 쳐다봤다. 아버지와 병실을 나눠 쓰고 있기도 했고, 같은 병을 앓고 있기도 해서 가깝게 지내던 분이었다. 항상 온화하던 노인이 정색을 하며 말했다.

"어머니와 같이 가. 이건 말이야, 보통 일이 아니야. 가볍게 생각할 일이 아니라고."

아버지가 할 말을 들은 기분이었다. 아버지와 내가 무서워서 도망 다니던 현실이 천천히 우리 앞에 모습을 드러내려 하고 있었다.

반쪽짜리 수탉

대십이지장유두.

처음 들어 보는 신체 부위였다. 담즙을 내는 담관과 췌장과 십
이지장의 접점에 있는 밸브 같은 것으로 암세포가 거기에 자리
잡고 있다는 사실을 전해 들었다.

한 마디도 놓치지 않으려고 미동도 하지 않고 의사의 설명을
들었지만 이해할 수 없는 단어들이 오른쪽 귀로 들어와 왼쪽 귀
로 빠져나가 버렸다. 어디 좀 쉬운 표현은 없는 걸까….

지금과 달리 당시에는 암이라고 하면 바로 죽음이 연상되던
시절이었다. 왜 이런 일이 어머니에게 생겼을까. 어머니가 불쌍

해서 견딜 수 없었다. 나 자신도 불쌍했다. 그때 나는 겨우 스물
세 살이었다.

수술을 하게 되어 입원 날짜가 정해졌다. 아버지는 아직 병원
에 입원 중이라서 상태가 별로 안 좋았다. 나는 갑자기 끝이 서서
히 다가오는 것 같다는 느낌이 들었지만 인정하고 싶지 않았다.
그래서 그냥 그런 느낌을 마구 지워 버렸다.

나는 막 들어간 회사를 반년 정도 휴직하고 아버지와 어머니
수발에 전념하기로 했다. 친척들은 물론 주변 사람들도 도와줬
지만 내 몫의 역할도 있으니까. 우리 세 명은 가족이니까.

어머니가 입원하고 나서 수술까지 아버지가 어땠는지 기억에
없다. 약 때문에 의식이 희미해져 병원을 배회한다는 이야기를
건너 듣기는 했지만, 어머니에게 딱 붙어 있던 나는 아버지 수발
은 아버지 형제나 아버지와 관계가 있는 사람들에게 부탁했다.

어머니가 수술하던 날, 아버지 마음이 무너졌다. 자신의 병 때
문에 어머니 수술을 지켜볼 수 없다는 사실을 받아들이지 못했
던 것이다. 하지만 나는 그때 아버지를 보면서 '도망쳤다'고 생각
했다.

어머니 수술은 여섯 시간을 넘겼다. 몸 안에서 꺼낸 장기가 한
장의 사진에 담겨서 내 앞에 나타났다. 이렇게 제거해 버리고도
살 수 있을까. 일반인은 보기만 해도 불안해지지만 의사가 필요

한 절제였다고 하면 그 말을 수긍할 수밖에 없다.

암 병원의 낡은 건물 복도에 우두커니 서 있는데 큰어머니가 다정한 목소리로 내게 말을 걸었다.

"한 며칠 엄마 말을 못 알아듣겠지만 너무 걱정하지 마. 곧 괜찮아질 거야."

이 말이 무슨 뜻인지 집중 치료실에서 의식을 되찾은 어머니가 말을 하기 전까지 나는 몰랐다.

수술 직후의 어머니는 가여웠다. TV나 영화에서 본 온화하고 무표정한 환자가 아니었다. 입술은 바짝 말라 있고 미간에는 희미하게 주름이 새겨져 있었다. 머리는 헝클어져 있고 몸 곳곳에는 관이 연결되어 있었다. 의식은 없지만 온몸으로 고통을 견디고 있었다. 그런 어머니를 보며 아무것도 할 수 없는 내가 너무 한심하고 답답했다.

겨우 마취에서 눈을 뜬 어머니는 생각했던 것과는 달랐다. 혀가 잘 움직이지 않는 것 같았다. 며칠 엄마 말을 못 알아들을 거라는 말의 의미가 이거였나.

어떨 때는 앞 침대에 누워 있는 중국 여성이 도둑 의심을 받고 있으니까 이걸 벗겨 줘야 한다고 분개했다. 어머니 말로는 실크 장갑이 없어졌는데 그 여성이 누명을 쓰고 있다는 것이다. 그러나 어머니 앞에 누워 있는 이는 곧 죽어도 이상할 게 없는 것처럼 보이는 남자 노인이었다. 실크 장갑 같은 건 어디에도 없었다.

또 어떨 때는 내가 집중 치료실에 도착하자마자 "고기를 그렇게 왕창 사서 어쩔 생각이야!" 하며 나를 야단쳤다. 무슨 말인가 싶어 물어보니, 집 냉장고가 고기로 가득 차 있다고 한다. 물론 전부 약에 취해 한 소리로, 어머니는 병원에서 달아 둔 호스에 연결되어 있었다.

이때부터 나는 심각함보다 재미를 느꼈고 어머니가 하는 엉뚱한 말들을 적기 시작했다. 오늘은 또 무슨 '명언'을 남기실까 싶어 병원에 가는 게 기다려질 정도였다. 그때 어머니가 남긴 말들은 당신의 독특했던 성격을 충분히, 아니, 그 이상 발휘한 기발한 내용들이 많았다. 이런 때에도 웃음을 선사하는 어머니가 자랑스러웠을 정도다.

다음 날은 아버지가 있는 병원으로 갔다. 어머니가 무사히 수술을 마쳤다는 소식을 전하고 싶었다. 나는 가늘게 채 친 무를 잔뜩 넣은 된장국을 끓여 보온병에 넣어 가지고 갔다. 아버지가 좋아하는 국이다. 내가 할 수 있는 건 그 정도였다.

아버지 병실로 가고 있는데 간호사가 날 불러 세웠다.

"어제는 어머니가 왔다 가셨어요."

간호사는 미소를 지으며 말했다. 그 말을 듣는 순간 상처와 어처구니없음이 뒤섞인 웃음이 터져 나왔다.

　간호사 말은 거짓말이 아닐 것이다. 그 사람이 왔던 모양이다. "그 사람은 어머니가 아니에요."라고 사실대로 말한들 무슨 의미가 있겠나 싶어 그냥 인사만 하고 자리를 피했다.

　아버지가 있는 병실로 들어갔다. 침대를 둘러싸고 있는 옅은 녹색 커튼을 열자 벽에 등을 기대고 양반다리를 한 아버지가 앉아 있었다. 실실 웃고 있다. '어제도 병원을 배회했겠네.' 싶을 정도로 안정제에 취해 있었다. 알아들을 것 같지는 않았지만 어머니 상태를 전했다. 그리고 된장국을 그릇에 담아 건넸다. 손끝에 힘이 없는지 아버지는 뜨거운 된장국을 자신의 사타구니에 쏟았다.

　당황해서 어쩔 줄 몰라 하는데 아버지는 단 한 마디 비명도 지르지 않고 여전히 실실거리기만 했다. 너무도 걱정스러웠지만, 부모님이 동시에 혀가 제대로 돌아가지 않는 상황은 아무나 경험할 수 있는 일이 아니라는 생각을 했다. 쏟아진 된장국을 치우면서 나는 불량하게도 살짝 유쾌한 기분이 들었다.

　나중에 이때 있었던 두 병원 일을 아버지와 어머니에게 이야기했지만 둘 다 아무것도 기억하지 못했다. 그때까지 눈 네 개로 내 일거수일투족을 모두 지켜보던 부모였는데 당신들이 낳은 무남독녀를 기억하지 못하는 일주일이 생겼다. 나만 알고 있는 이

'기억 공백'이 아주 마음에 들었다.

어머니가 일반 병동 개인실로 옮겼다. 하지만 회복하는 데 시간이 꽤 걸려 매일 병원으로 출근하다시피 했다. 고이시카와에 있는 하리마자카 언덕에서 택시를 타고 센카와 거리를 지나 암 전문 병원으로 향했다. 하루라도 빨리 어머니가 집으로 돌아왔으면 좋겠다고 생각하곤 했다. 그렇게 어머니의 회복을 바랐지만 마음만 발을 동동 구르고 있었다.

어머니는 조금씩 회복하는 것 같은 징조가 보였다. 그러나 아버지는 조금씩 정신 줄을 놓고 있었다. 그런 아버지가 집으로 돌아가고 싶다고 애원해서 주말 동안만 집에 가 있기로 했다. 나는 토요일과 일요일도 어머니 병원에 가야 했기 때문에 큰아버지네가 집으로 와서 아버지를 돌봐 줬다.

어느 주말에 있었던 일이다. 큰아버지와 큰어머니가 돌아가는 것을 현관에서 아버지와 함께 배웅했다. 자동차가 멀어지는 것을 보고 나는 안으로 들어갔지만 아버지는 들어올 생각을 하지 않았다. 이상해서 현관으로 나가 보니 아버지가 계단 아래에 쪼그리고 앉아 소리 죽여 울고 있었다. 눈물로 축축하게 젖은 눈은 퉁퉁 부어 있었다.

나는 크게 한숨을 쉬었다. 할 일이 쌓여 있어서 감상에 젖을 여유가 없었다. 나는 어머니한테 가야 하는데 참 곤란하게 됐다는 생각밖에 안 들었다.

아버지 어깨를 감싸고 천천히 계단을 올라와 거실 소파에 아버지를 앉히고 TV를 켜는데 전화가 울렸다. 아버지 주치의였다.

"아버님은 어떠십니까?"

나는 아버지의 행동과 상태를 설명했다.

"약 부작용 때문이니까 지금은 반드시 옆에 있어 주셔야 합니다."

"그 말씀은…?"

의사가 한 말을 정확하게 기억하고 있진 않지만, 아버지가 자살할 수도 있는 정신 상태라는 내용이었다. 내 발걸음을 멈추게 하기에 충분했다.

어머니는 온 힘을 다해 죽음에서 멀어지려고 애쓰는 중인데 아버지는 스스로 죽음을 향해 걸어가려고 하고 있다니…. 나는 어느 쪽 손을 잡아야 하는가.

전화를 끊고 나서 아이 때 읽은 『반쪽짜리 수탉』이라는 동화를 떠올렸다. 유산 상속으로 받은 수탉을 형과 동생이 반반 나눠 가졌는데, 욕심꾸러기 형은 먹어 버렸으나 동생은 치료를 해 줬다. 이후 동생의 수탉이 멋진 활약을 펼친다는 이야기다.

나는 수탉이 된 기분이었다. 열심히 하면 이룰 수 있다고 해서 앞뒤 안 보고 여기까지 달려왔는데 꼭 그런 것만도 아닌 것 같다.

내 몸을 반으로 나눠서라도 어머니와 아버지를 동시에 돌보고 싶지만 그건 불가능하다.

어머니한테 가 봐야 할 시간은 점점 다가왔다. 몸은 준비를 서두르면서, 머릿속에서는 '부탁할 만한 사람이 없을까.' 친척들의 얼굴을 떠올리다가 지우곤 했다. 어머니 간병을 교대로 하고 있는 외가 쪽에는 부탁할 수 없었다. 큰아버지는 지금 막 다녀가셨다. 결국 나는 '그 사람'에게 전화를 했다. 상황을 설명하자 그녀는 바로 오겠다고 했다. 감사 인사를 전하고 전화를 끊었다. 어쩐지 분하기도 하고 허망하기도 해서 가슴 언저리가 근질거렸다.

나는 무력했다. "어제는 어머니가 왔다 가셨어요."라는 말을 간호사에게 들었을 때보다 몇 배나 더 상처를 입었다. 어머니와 아버지와 나 이렇게 셋으로 만족할 수는 없었나? 우리 가족만으로 충분하지 않았던 것일까? 왜 아버지는 밖에 누군가를 두어야 했을까?

그런데 아이러니하게도 아버지가 밖에 누군가를 둔 덕에 나는 어머니 병원에 갈 수 있었다. 우습게도 아버지가 가족을 위해 공을 세웠다는 생각이 들기도 했다. 아버지와 어머니, 두 사람 모두 아픈 상황에서 받아들일 수밖에 없는 일이다. 이렇게 분한 일이 또 있을까!

아무리 힘들어도 그녀에게는 절대 의지하지 않겠다고 결심했는데 나는 부탁을 해 버렸고 그녀는 평소의 내 무례함을 따지지 않았다.

그녀는 오랫동안 그늘에서 아버지를 보살폈고, 어머니가 돌아가시고 나서도 아버지 곁에서 보살펴 주고 있다. 이건 틀림없는 사실이다. "절대로 내가 먼저 부탁하지 않겠다."라고 결심했던 저항은 거의 무력화되었다. 그런데 그 덕분에 내 부담이 가벼워졌다는 것도 부정하지 못한다. 감사한 마음이 들었다. 그 마음은 현재 진행형이다. 그래, 인생을 어찌 한결같이 살 수 있겠는가.

어머니가 돌아가신 후 아버지가 입원한 적이 있었다. 그때 나는 다른 여성의 뒷모습을 병원에서 인정하게 되었다. 그쪽과도 오래된 인연인 듯했다. 어쩌면 간호사가 말한 '어머니'는 이쪽이었을지도 모른다. 지금으로서는 확인할 길이 없다.

고이시카와, 그 집 I

일 년에 한두 번 정도는 무작정 옛집으로 돌아가고 싶어질 때가 있다. 이 충동은 갑자기 찾아온다. 어머니가 해 주시던 음식, 내 방의 어지러운 화장대 같은, 평소에는 멀리 자리 잡고 있어서 잘 안 보이던 기억들이 갑자기 앞다투어 모습을 드러낸다.

나는 저녁 늦게 귀가하면 조용한 다이닝 룸으로 가 의자에 양반다리를 하고 앉아서 작은 TV로 심야 방송을 멍하게 보곤 했다.

다시 한번 그곳으로 가고 싶다. 하지만 소원은 이루어지지 않는다. 내가 돌아갈 수 있는 집은 이제 어디에도 없기 때문이다.

고이시카와 집으로 이사한 것은 내가 유치원에 다닐 때로 아버지도 아직 삼십 대 후반이었다. 집을 짓기 전에 아버지, 어머니와 함께 셋이서 땅을 보러 간 것을 기억하고 있다. 처음 보는 언덕 중턱에 멈춰 선 어머니가 가리키는 방향을 보니 언덕 아래에 오래된 흰색 빌딩이 있었다. 흰색이라고는 해도 창틀에서 떨어지는 빗물 때문에 벽 곳곳이 얼룩덜룩해서 지저분하고 여기저기 그을음 같은 것들도 눈에 들어왔다. 누군가가 관리하고 있는 건물처럼 보이지는 않았다.

어머니가 "여기로 이사할 거야."라는 말을 했을 때 정말이지 싫었다. 빌딩을 부수고 새로 짓는다는 흐름을 전혀 이해하지 못하고 그저 더러운 곳으로는 이사하기 싫다고 생각했다.

마음에 들지 않는 빌딩을 보고 있는데 불투명한 유리 너머에 우리 집 주방세제와 같은 샛노란 용기가 어렴풋이 보였다.

누군가가 생활하고 있다. 아버지와 어머니는 그 사람들을 쫓아낼 생각인가? 뭐라 표현할 수 없는 찜찜한 기분에 어찌할 바를 모르고 있는데 창문이 갑자기 열렸다. 나보다 고작 몇 살 많아 보이는 여자아이가 밖으로 얼굴을 내밀었다. 역시 누군가가 살고 있었다. 우리가 여기로 이사하면 이 아이는 어디로 갈까.

반년 후인가 일 년 후인가 다시 와 보니 이번에는 멋진 벽돌 건물이 서 있었다. 아래에서 세어 보니 일, 이, 삼, 사…. 사 층짜리 건물이었다. 어느 방향에서 어떻게 봐도 번쩍번쩍 새 건물이었다.

　나는 샛노란 세제 용기도, 창문에서 얼굴을 내밀던 여자아이도 잊어버렸다. 그저 새로운 집이 생겼다는 사실이 너무나 기뻤다. 일 층과 이 층은 아버지 사무실로, 삼 층과 사 층은 살림집으로 썼다. 아직 내부 공사 중이어서 인부들이 왔다 갔다 하고 있었다.

　삼 층에는 넓은 다이닝 룸과 거실, 손님용 방, 창고, 화장실이 있고 주방의 타일, 장식문 등에는 센스 좋은 어머니의 취향이 꼼꼼하게 반영되었다. 주방 가구는 포겐폴이라는 독일 제품이라고 했다.

　사 층에는 아버지와 어머니가 주무시는 침실, 내 방, 작은 방, 욕실, 그리고 또 화장실이 있었다. 집에 화장실이 두 개나 된다는 사실에 나는 흥분했다.

　삼 층에서 인부와 이야기를 나누고 있는 부모님을 두고 나는 혼자 복도로 나왔다. 큰 창문으로 눈부신 햇빛이 쏟아져 들어오는 메인 침실이 너무 마음에 들어서 한 번 더 보고 싶었다. 계단을 한꺼번에 두 개씩 껑충껑충 올라가 종종걸음으로 뛰어갔다. 그러다가 복도에서 미끄러졌다.

메인 침실에는 누군가가 있었다. 큰 통나무와 같이 둥그런 카펫 위에 머리숱이 많은 뚱뚱한 인부가 앉아 있었다. 아버지 말고는 남자 어른을 거의 모르는 데다 아이의 눈에는 그 사람이 엄청 더러워 보여 무서웠다. 시선이 마주치자 인부는 "일루 와."라고 손짓을 했다. 그렇게 무서운 사람은 아닌 것 같았다. 나는 경계심을 바로 푸는 아이였기 때문에 인부 옆으로 가서 질문 공세를 했다.

뭐 하고 있어요? 그 도구는 어떻게 사용해요?

"아~", "음~"으로 시작하는 인부의 대답은 별로 재미가 없었다. 이렇게 아이를 잘 못 다루는 어른은 처음 만났다. 등을 구부정하게 하고 카펫에 앉아 있는 모습이 마치 거대한 곰 같았다. 피곤한지 얼굴빛이 안 좋다. 어디 아프냐고 물으니까 한숨을 푹 쉬더니 "감기 걸렸어."라고만 했다. 왠지 슬픈 목소리였다.

무슨 이유인지 가슴이 꽉 조여 오더니 순식간에 정체를 알 수 없는 뜨거운 덩어리가 목에서 올라왔다. 태어나서 처음 맛보는 감각이었다. 어떻게 할 도리가 없는 사태를 목격하고는 불쌍해서 눈물을 흘리게 되는 감정과는 달랐다. 그날 본 여러 인부 중에서 유독 그 아저씨만 내 뇌리에 꽉 박혀 있다. 그 아저씨가 사랑스럽게 느껴졌다.

집 공사 상태를 보러 갈 때마다 나는 그 아저씨를 찾았다. 있을 때도 있었고 없을 때도 있었다. 다른 인부와 달리 그 아저씨는 늘 혼자였다. 집이 완성될 때까지 몇 번인가 만났지만 결국 마지막까지 친해지지는 않았다.

드디어 공사가 끝나고 이사를 했다. 아버지는 회사 사람들과 친척들을 초대해 조촐함과 성대함의 중간쯤 되는 집들이 파티를 열었다. 단골 초밥집 요리사가 초밥을 만드는 동안 친척 아이들과 나는 바깥 계단에서 오르기 놀이를 했다. 아버지와 어머니는 나란히 서서 자랑스럽다는 표정을 짓고 있었고 초대 손님들은 모두 환하게 웃고 있었다. 기쁘고 즐거워서 집을 지어 준 그 인부를 금방 잊었다.

1970년대 마지막 즈음도 좋은 시절이었다. 은행도 통 크게 선심 공세를 폈다. 삼십 대 후반에 사 층짜리 집을 지었으니 아버지도 열심히 일했다고 할 수 있다. 가족의 반대를 물리치고 결혼한 어머니도 자신이 대견했을 것이다.

이사를 하자마자 나는 아버지 사무실 응접실에서 놀다가 이마를 다쳤다. 유리 테이블과 소파에 두 손과 다리를 걸고 달랑달랑 몸을 흔들고 있다가 그만 균형을 잃어버리는 바람에 테이블에 이마를 찧고 말았다.

피가 철철 나고 나는 엉엉 울었다. 그보다 더 큰 목소리로 아버지가 주변 사람들을 혼내고 있었다. 나 말고 누군가가 나쁜 짓을 한 것도 아닌데 아버지는 엄청나게 화를 내고 있었다.

계단의 난간에서 놀고 있는 나를 보고는 "저건 위험한데!" 하면서 설치한 지 얼마 안 된 난간을 뜯어 버리고 더 안전한 것으로 바꾸기도 했다. 당시 아버지는 내가 다치면 어쩌나 안절부절 걱정하는 게 일이었다.

유치원 때 이사를 한 후 그곳에서 대학을 졸업했다. 또 사회인이 되고 나서도 칠 년, 모두 합치면 약 이십오 년을 고이시카와 집에서 보냈다. 외동딸인 나는 동생 대신 해피라는 이름을 가진 강아지와 놀았다. 그 고이시카와 집에서 해피가 죽었고 예상보다 훨씬 일찍 어머니가 저세상으로 떠나 버렸다.

어머니가 돌아가시고 나서는 아버지와 사이가 점점 나빠지기만 했다. 어머니라는 완충재가 사라진 것이 가장 큰 이유였지만 아버지가 자신만의 삶을 공동생활 속으로 끌고 들어오는 바람에 생긴 알력도 관계가 악화된 원인이 되었다. 내 기대와 달리 아버지는 '아버지'의 역할을 수행해 주지 않았다.

아버지는 오각형 주사위 같았다. 나는 그중에서 '아버지'라는 면만 보고 싶은데 불안정한 오각형 주사위는 '아버지'로서의 일면은 잠시만 보여 주고 금방 다른 면으로 넘어갔다.

어머니를 잃었을 때조차 아버지는 어디까지나 남편으로서 아내의 죽음을 슬퍼했다. 불단에 합장할 때도 어머니가 아내로서 자신에게 해 준 일들만 이러니저러니 감상에 젖어 늘어놓았다. 아버지의 회고에 나는 없었다.

아버지는 자각하지 못했지만 아버지 이외의 일면이 집에서 보이는 순간 나는 딸이라는 자격을 잃어버린다. 가족이라는 속성을 잃은 사람이 어찌 집에 머무를 수 있겠는가. 화를 내는 나를 보며 아버지도 당혹스러워했다. 농담 반 진담 반으로 인륜을 해하는 짓을 할지도 모른다는 말을 남기고 나는 서른 살이 되기 전에 집을 나와 남자와 동거를 시작했다.

그즈음의 나는 집이 영원히 존재할 줄 알았다. 그게 너무도 당연한 것이라고 생각해서 없어진다고는 상상도 못 했다. 창문에서 밖을 내다보던 그 소녀의 일은 물론 완전히 잊고 있었다.

집을 나와서 좀 지났을 무렵 아버지가 전화를 했다.

"주택 금융 전문 회사에서 편지가 왔다."

서둘러 집에 가서 보니 주택 금융 전문 회사가 아니라 채권 회수 기구에서 온 편지로, 은행 채권이 그쪽으로 이전되었다는 내용이었다. 아버지에게 빚이 꽤 남아 있다는 사실을 그때 처음 알았다. 그날 내가 어떻게 행동하는 것이 정답이었을까. 지금도 모르겠다. "아버지 일은 아버지가 알아서 해."라고 쏘아붙이고 이야기를 끝내 버렸다. 그때 아버지는 실실 웃고 있었다. 뭔가 긴박

한 일이 닥쳤을 때 오히려 실실 웃는 버릇이 있다는 것을, 그것이 스스로를 보호하는 장치라는 것을 그때의 나는 알지 못했다.

남자와 시작한 동거는 임대 계약 갱신 직후에 끝나는 바람에 다시 집으로 돌아왔다. 망연자실했던 나는 돌아갈 집이 있다는 사실을 감사하게 생각했다. 하지만 제정신이 돌아오자 다시 또 아버지의 아버지가 아닌 일면이 눈에 거슬려 견딜 수가 없었다. 잠시 떠나 있었던 탓에 더 불편하게 느껴지기도 했다. 내가 장을 보지 않아도 누군가가 냉장고를 신선한 재료로 가득 채워 놓았고 맛국물은 가다랑어에서 날치로 변해 있었다.

아버지를 돌보지 않아도 된다는 점만큼은 고마웠다. 머리로는 이해했지만 어머니의 그림자와 내가 머물 곳이 점점 더 사라져 가고 있는 것 같아 괴로웠다.

'아버지 이외의 면을 내가 책임질 필요는 없다. 나와는 상관없는 일이다.' 그렇게 나 자신을 달랬다. 동거를 지속하기 위한 잠정적인 타협점은 그것밖에 없었다. 그러나 아버지의 사정을 이해하려고 할수록 집 안 산소가 희박해져 숨쉬기가 곤란해졌다.

지금 생각해 보면 "아버지와 나의 관계는 반드시 이래야 한다."라고 집착한 쪽은 나였던 것 같다. 아버지가 나를 딸이라는 정위치에 고정하고 의존하는 일은 없었기 때문에, 아버지는 아버지 나름대로 부족한 인간관계를 보충해 주는 교류를 가져도 되지 않았을까? 게다가 어머니가 돌아가신 지 육 년, 아니, 칠 년이나 지났을 때였으니까.

나는 다시 집을 나왔다.

얼마 후 아버지는 본업인 귀금속 판매를 접고 겸업하고 있던 여러 부업 중 하나로 생활비를 벌고 있었다. 친분으로 도와주는 사람은 있었지만 직원이라고 부를 만한 사람은 한 명도 없었다.

아버지가 사업에 실패할 때는 정해진 순서를 밟는다. 어느 날 갑자기 집 안에 정체불명의 재고가 넘쳐 나면 그 사업은 망했다는 이야기다. 언젠가 집에 미국산 비타민제 박스가 쌓인 걸 보고 아버지가 뭘 팔고 있었는지 처음 알기도 했다.

대체로는 내가 아는 시점과 망하는 시점이 거의 동시였다. 비타민제는 알이 너무 커서 먹기 사나운 것이었고 또 어느 날 집에 가득 쌓인 건강 보조 식품은 당시 어떤 매장에서도 찾아볼 수 없는 것이었다. 그런데 같은 성분의 건강 보조 식품이 이제야 시장에 넘쳐 나고 있는 걸 보면 아버지에게도 선견지명 같은 게 있었던 건 아닐까? 하지만 장사란 촉이 중요한데 아버지 촉은 늘 시대와 다르게 나갔다. 그래도 직원들이 열심히 일을 해 준 덕분에 여태껏 어떻게든 굴려 온 셈이다.

내가 집으로 다시 돌아온 것은 그로부터 삼 년 후의 일이다. 미혼인 채 나갔다 들어왔다를 반복했다. 몇 년 전부터 아버지가 사업을 도와줬으면 좋겠다는 말을 해서 할 거면 이번이 마지막 기회라고 생각해 서른다섯 살에 회사를 그만두고 아버지 일을 돕게 되었다. 효도를 하겠다는 마음도 있었다. 열심히 일하면 집에 내가 머무를 곳이 생길 것이라는 믿음도 있었다.

첫 출발은 순조로웠다. 나는 의욕이 넘쳤고, 소파에 뿌리 내린 채 TV만 보던 아버지도 양복을 차려입고 거래처나 같은 업종의 다른 회사를 방문했다. 나도 동행했다.

거만하고 제멋대로에 농담이나 던지는 아버지밖에 모르던 나로서는 거래처에서 아버지가 보여 주는 모습에 좀 충격을 받았다. 겸손하고 진지한 태도로 상대를 대하는 것도 놀라웠지만, 다소 노골적인 얘기를 들어도 가볍게 받아치는 수완에 종종 감탄했다. 거래처에서 고개를 숙이고 있던 아버지의 뒷모습을 물끄러미 쳐다보게 될 때도 있었다. 저렇게 해서 나와 어머니를 먹여 살렸구나….

당시 나는 세상을 너무 만만하게 봤다. 무작정 회사를 때려치우고 아버지 사업을 돕는다고 나선 건 세상 물정을 너무 몰랐기 때문이다. 열심히 일하면 그만큼 월급이 통장에 꽂힐 거라고 믿고 있기도 했다.

아버지도 내게 별말이 없었다. 실수령액 십오만 엔 이하로 내려앉은 내 월급도, 누군가로부터 빌린 돈이라는 걸 말하지 않았다.

힘든 상황을 만나면 생각 없이 살던 사람도 정신을 차린다. 언제였던가, 월말 지불 예정표를 보고 아연실색했던 적이 있었다. 지불 항목에서 '집세'라는 글자를 발견했기 때문이다. 아버지에게 따져 물으니 집은 이미 다른 사람 손에 넘어갔다고 했다. 평소와 다름없이 초연한 말투에 나는 아버지에게 속았다는 생각이 들었다. 말투는 담담했지만 내 시선을 피하고 있었다. 나는 채권 회수 기구로부터 편지가 온 그날을 떠올렸다. 영원히 그대로 있을 것이라고 믿어 의심치 않았던 집이 저 옛날에 이미 남에게 팔려 버렸던 것이다.

그런데도 아버지가 그 집에 살 수 있었던 것은 집주인의 호의 덕분이었다. 물론 꽤 거금을 집세로 내고 있기도 했다. 이렇게 중요한 일을 지금까지 단 한 마디도 듣지 못했다.

나는 온몸에서 힘이 빠져나갔다. 쓰러지는 게 아닐까 싶을 정도였다. '역시 어머니가 없으면 안 된다. 나 혼자서는 감당이 안 된다.' 하지만 한탄만 하고 있을 여유 따위는 없었다. 장사를 계속하는 수밖에 다른 선택지가 없었다.

시행착오 끝에 매상은 조금씩 늘고 있었지만 제조비에 집세, 거기에 이런저런 비용까지 낼 정도는 아니어서 월말이면 적지 않은 돈을 내 저금에서 회사 계좌로 송금해야만 했다. 팍팍 줄어드는 잔고를 볼 때마다 고속 엘리베이터를 타고 급강하하는 기분이었다. 어떻게 할 거냐고 아버지에게 따졌지만 없는 걸 어쩌겠느냐는 무덤덤한 대답만 돌아왔다.

아버지는 입버릇처럼 "이 집 따위 언제 나가도 상관없어."라고 큰소리쳤다. 남의 집이 된 우리 집에 내가 있을 곳을 만들어 주겠다는 아버지의 노력은 시행착오 속에서 계속되었다. 그런데 방법이 얼뜨고 무신경해서 오히려 나는 상처만 입었고 그래서 아버지의 호의를 고집스럽게 거절했다.

지금 돌이켜 보면, 아버지와 잘 지낼 수 있었을 텐데 하는 아쉬움은 남아 있다. 나도, 가족처럼 도와주는 사람도, 아버지 이외의 누군가도…, 조금씩 손해를 보고 상처를 입는 나날이 끝도 없이 계속되었다. '죽으면 다 해결되지 않을까.' 하는 엉뚱한 생각이 들기도 했다.

어느 날, 은행에 입금하러 갔다 오는 길이었다. 딱히 슬픈 일이 있었던 것도 아닌데 오른쪽 눈에서 눈물이 흘러나오더니 멈추지 않았다. 나는 심각한 상황이라고 직감했다.

아버지는 평생 할 수 없는 결단을 내가 해야 할 때가 왔다.

고이시카와, 그 집 Ⅱ

2008년 여름은 국지적으로 오락가락하는 날씨가 계속되었다. 고이시카와 집에서도 온갖 감정들이 뒤섞여서 오락가락하고 있었다. 덥고 안타깝고 성가시고 피폐해져 갔다. 나는 가라앉는 배에서 탈출하기로 했다.

배가 '가라앉는다'고 판단한 사람은 다름 아닌 나였다. 한 이 년 정도 열심히 장사를 해 봤지만 집 안의 산소는 희박해지기만 했다. 마치 고지대에서 운동을 하는 기분이었다.

아버지는 이 년간 내 방식에 대해 일언반구도 하지 않았다. 돈도 내지 않았고 참견도 하지 않았다. 일관성이 있다는 점만은 높이 평가하고 싶다.

　문제는 매상을 훨씬 뛰어넘는 경비, 주로 집세와 집 유지비였다. 사사건건 "이런 장사, 때려치워."라고 아버지는 나를 도발했다. 도와 달라고 부탁했던 사람이 누구더라? 아버지다. 그걸 경솔하게 떠맡은 사람은? 나다.

　화가 치밀었다. 아버지가 쓰는 난폭한 말투가 자기 나름대로는 다정함을 표현하는 방식이라는 걸 알고는 있지만 그래도 열이 받았다. 그렇다고 사업까지 접을 필요는 없다. 나는 재고를 들고 작은 집으로 이사하기로 하자. 그곳에서 사업을 계속하고 아버지와는 따로 살자. 장사가 궤도에 올라가면 아버지를 도와주자….

　나는 결심했다.

　"더는 못 하겠어. 집에서 나가자."

　사월인가 오월인가 그랬다.

　"오, 알았어. 그래, 그러지 뭐. 돈이 드는 집은 좀 그렇지."

　아버지의 반응은 말한 내가 무안해질 정도로 산뜻하고 가벼웠다.

　고지 트레이닝의 성과인지 내 고집은 더 나쁜 쪽으로 발전했다. 말년에 집을 포기해야 한다는 사실을 알았을 때 참담함으로 일그러질 아버지 표정을 보고 싶었다. 동시에 이대로 여기에 있다가는 사업뿐만 아니라 아버지와 나까지 나락으로 떨어질 것 같아 무슨 수를 써야 한다고 생각했다. 아버지를 도와주고 싶은 마음과 아버지에게 복수하고 싶은 마음이 너무나 자연스럽게 양립하고 있었다.

어느 날 아버지가 벽장에서 박스를 내리더니 그림을 열 장 정도 꺼냈다. 팔아서 현금화한다고 했다. 이렇게 많은 그림을 가지고 있는 줄 전혀 몰랐다.

아버지에게 그림 감상 같은 고상한 취미는 없다. 거실 벽에 걸려 있는 풍경화는 여기에 이사 왔을 때 그대로다. 미술품 구입은 졸부 특유의 문화 콤플렉스에서 나온 것이다.

그림을 팔았던 걸 후회했는지 팔아 버린 그림을 그렸던 화가가 전시회를 개최한다는 소식을 듣고는 나를 불러 전시장이 있는 니혼바시 다카시마야 백화점까지 찾아간 적이 있다. 모노크롬 속에 붉은색을 사용하는 화가였다. 아버지는 작품 하나하나를 애지중지하며 둘러봤다. 그중 한 장이라도 남겼더라면 나중에 즐길 수 있었을지도 모른다. 하지만 또 한편으로는 과연 그랬을까 싶기도 하다. 자신의 손아귀에 있을 때는 물건의 가치를 잘 모른다. 매일매일 여기를 봐도 저기를 봐도 "만약 그때"라는 말밖에 떠오르지 않았다.

이사 날짜가 정해졌는데도 아버지는 좀처럼 정리를 시작하지 않았다. 몇 번이나 말해도 이사할 곳조차 알아보지 않았다. 변함없이 소파에 드러누워서 '누군가가 해 주겠지.' 하며 기다리고 있었다.

집 구하는 걸 도와주려고 했지만 어느 날은 따뜻한 지바에 살고 싶다고 그랬다가 또 어느 날은 도심이 좋다고 하는 통에 장단을 맞추기가 힘들어서 포기했다. 내게 폐를 끼치고 싶지 않다는 마음과 누군가 알아서 다 해 주면 좋겠다는 속셈이 동시에 보였다. 내게 의지할 필요가 없다고 하면 그것으로 끝이지만, 중요한 시점에 내게 의지하지 않아 서운한 마음도 들었다.

이사 비용 견적은 내가 받았다. 두 집을 같이 알아본 거라서 결코 싸지는 않았다. 게다가 삼십 년간 쌓여 있던 짐이 기다리고 있다. 대량의 식기, 대량의 옷, 대량의 신발, 거기에 동반하는 옷장과 신발장, 대량의 골프 클럽, 대량의 사진, 대량의 이불, 손님용 이불, 덮는 이불, 까는 이불…. 여기에 또 시트, 담요, 베개, 화병, 서랍에 들어 있던 서류, 선물로 받은 하카타 인형, 유리 케이스에 들어가 있는 히나 인형, 남미 여행 상품 비슷한 수수께끼의 인형, 목조각 곰, 이 미터 정도 크기의 인형, 기념품으로 받은 탁상시계, 여행 선물로 받은 탁상시계, 또 탁상시계, 창고와 벽장에 가득 차 있는 정체불명의 물건들….

집은 물건으로 가득했다. 어머니의 유품도 정리하지 못 한 채 그대로다. 이것들을 정리하지 않으면 앞으로 나아갈 수 없다.

벽장문을 열 때마다 숨이 콱콱 막히고 질려 버린다. 어디를 열어도 물건, 물건, 물건이다. 이제 와서 뒤로 물러설 수는 없다. 감상에 젖어 있을 시간도 없다. 한시라도 빨리 버릴 것과 가지고 갈 것, 팔 것으로 구분해야 한다. 현금이 필요하니까 골동품 등 팔 수 있는 것은 죄다 팔아야 한다. 폐품업자에게 연락해 가지고 가라고 하면 그것 또한 돈이다.

오늘은 사 층, 다음 주는 삼 층…. 칠월과 팔월의 주말은 모두 집 정리에 바쳤다. 내가 고생을 하는데도 아버지는 마치 남의 일인 양 빈둥거렸다. 사촌들과 친구들에게 도움을 청했다. 다들 열심히 도와줘서 너무 고마웠지만 또 한편으로 내 신세가 너무 처량해 일부러 퉁명스럽게 대하기도 했다. 고맙게도 우리 집 사정을 꼬치꼬치 캐묻는 이는 단 한 명도 없었다.

비협조적인 아버지와 드디어 한판 뜨게 됐다. 아침밥의 반찬이 어떻다는 둥 반찬 투정에서 촉발된 툭탁거림은 어느새 격렬한 말싸움으로 확전되었다.

아버지는 의자에서 벌떡 일어서더니 거친 말을 내뱉었다. 속에서 분노가 치밀어 오른 난 아버지의 어깨를 꽉 잡고 의자에 다시 앉혔다. 아버지는 힘없이 그대로 의자에 앉아 아무 말도 하지 않았다.

힘없는 아버지를 보며 미안함과 슬픔보다 '아버지가 많이 약해졌군.' 하는 기분이 먼저 들었다. 아들들이 아버지를 보며 느끼는 감정이 이런 것이 아닐까. "어느새 아버지보다 힘이 세졌네." 이런 말을 TV나 만화에서 본 적이 있다.

나는 딸이라서 그런지, 아버지를 미워하는 동시에 아버지를 돕고 싶다는 마음도 있었기 때문에 힘을 기르고 있었다. 덕분에 아버지보다 힘이 셌다. 아버지와 딸의 역할이 뒤바뀐 상황이 촌극 같기도 하고 허탈해서 헛웃음이 올라오기도 했다. 결국 나는 언제나 웃고 만다.

이상한 것은 짜증이 불같이 치밀어 오른다는 것이다. '부모와 인연 끊기'라는 키워드로 인터넷을 몇 번이나 검색해 봤는지 모른다. 물건을 계속 버리는 것은 회복할 조짐이 없는 병자를 간병하는 것과 마찬가지로 정신과 혼이 빠지는 작업이다. 계속 긴장하고 있어야만 저녁을 무사히 넘길 수 있다.

온종일 정리만 하다 보면 선반에서 꺼낸 물건을 손에 들고 종종 멍해지기도 한다. 한 친구는 내 손을 잡고 "버리지 않으면 안 끝나."라고 타일렀다. 또 한 친구는 내가 타는 쓰레기인지 안 타는 쓰레기인지 구별하지 못해 당황하고 있자 "'태워 버려 상자'가 있으면 좋을 텐데 말이야."라며 우스갯소리를 했다.

폐기할 것으로 분류한 대부분이 아직 사용할 수 있는 것들이었지만 필요하냐고 물으면 구십 퍼센트가 '그렇다'고 대답할 수 없는 것이었고, 쓰레기로 취급하고 싶으냐고 물으면 이번에는 '그렇지 않다'라고 대답하고 싶은 것들뿐이었다. 그러나 이사할 곳에는 넣어 둘 곳이 없었다. 내게 선택지는 없었다.

집 정리는 장례식이다. 가득 찬 쓰레기봉투를 열 번이고 스무 번이고 묶고 있으면 후회가 솟구치고 자존심은 바닥을 친다. 쓰레기봉투는 다음 날 쓰레기 수거차가 수거해 간다. 회전판이 작동해서, 기억이 쓰레기가 되어 우지직 소리를 내며 산산조각이 난다. 그 끔찍한 소리가 방 안에 울려 퍼지고 매번 내 등뼈를 두들겨 팬다. 그 소리는 지금도 끔찍하다.

몇 번째 정리 때의 일인지는 기억이 나지 않지만 아이 한 명이 들어갈 정도로 큰 종이 박스에 앨범이 가득했다. 열어 보니 처음 보는 사진이 잔뜩 들어 있었다. 내가 태어나기 전의 젊은 아버지, 어린 나를 무릎에 앉힌 아버지, 해외 출장을 간 아버지, 골프를 치고 있는 아버지, 어딘가의 파티에서 단체 사진을 찍은 아버지…. 이리저리 뒤적여 봤지만 전혀 애지중지하고 싶은 기분이 들지 않았다. 오히려 밸이 뒤틀렸다. 아버지가 찍힌 사진을 앨범에서 하나씩 쫙쫙 뜯어서 쓰레기봉투에 던져 넣었다.

뜯어서 던져 넣고 뜯어서 던져 넣고를 반복하면서 머리 한구석에서 "언젠가 후회할 거야."라는 말이 지나갔다. 나는 언제나 내가 내리는 냉정한 판단을 무시하지 못한다. 사진은 그렇게 몇 시간 정도 쓰레기봉투형에 처해졌지만 그 후 사면받아 다른 곳으로 고이 옮겨졌다.

그때 아버지는 에어컨이 빵빵하게 나오는 거실 소파에 드러누워서 온종일 TV만 보고 있었다. 조금도 변하지 않았음은 물론이고 "비즈로 만든 가방은 어디로 갔지?", "일본 항공 상의는 버리지 마라." 그때그때 기분에 따라 잔소리를 해 대서 견딜 수가 없었다.

버리지 않으면 집에서 나갈 수 없는데 버리는 것을 탓하질 않나, 마구 버리라며 도발하질 않나, 도와주러 온 친구에게 쓰잘데기없는 물건을 떠안기질 않나, 도무지 도움이 되지 않았다. 아버

지는 소파에 뿌리를 내리고 TV만 보고 있는데 나는 그런 아버지 때문에 집중할 수 없었다.

어느 여름날이었다. 아버지는 눈앞의 현실에 초점을 맞추지 못하고 있었다. 마음을 정리하려고 집을 정리하는 나와는 반대로 아버지는 마음 정리가 먼저 되지 않으면 집을 정리할 수 없는 사람이었다. 순서는 달랐더라도 "왜 이렇게 됐나?", "어디부터 잘 못됐나?" 아버지도 자문자답하고 있는 게 틀림없었다. 날 향해 약한 소리를 토하지 않았던 것은 아버지의 자존심이기도 했을 테지만 나에 대한 배려라고, 그렇게 생각하고 싶다.

사 층에 있는 두 평 반 정도 되는 방은 늦은 오후에 햇빛이 강하게 들어온다. 어머니는 여기에서 자주 다림질을 했었다. 거의 열린 적이 없는 벽장의 문은 햇볕에 열화되어 휘어 있었다.

끼기기긱 문을 열어 파란색 옷상자를 하나씩 꺼냈다. 양철이라서 무겁고 챙챙거리는 소리도 시끄러웠다. 풀풀 날리는 먼지는 빛줄기 속에서 불규칙한 줄무늬를 그렸다.

케이스 뚜껑을 열자 안에서 가격표가 붙어 있는 옷이 몇 개나 나왔다. 레이스 블라우스, 캐시미어 스웨터⋯. 하나같이 모두 고급품이었다.

"여기 좀 봐. 엄청 나."

도와주러 온 친구 목소리에 돌아보니 친구 손에는 새까만 밍크 하프 코트가 들려 있었다. 처음 본다. 역시 떼지 않은 가격표에는 1 뒤에 0이 여섯 개나 붙어 있었다. 대부분의 일을 웃어넘기는 내게도 도저히 인정하고 싶지 않은 것이 있다. 백만 엔짜리 가격표를 보기 전까지는 줄곧 그 사실을 외면하며 살아왔다. 나는 거칠게 대답했다.

"세상에! 우리 집, 돈 있었네."

"정말, 대단하다."

친구는 내 동요를 알아차리지 못한 척했다. 우리는 아무 일도 없었다는 듯 다시 정리했다.

언젠가 나처럼 집과 어머니를 잃은 친구와 얘기를 한 적이 있다. 재미있는 추억이라도 되는 듯 깔깔거리며 이야기하는 나와 대조적으로 친구는 내 눈을 똑바로 보며 말했다.

"니네 엄마, 외로웠던 거야."

말이 나오지 않았다. 반론도 할 수 없었다. 친구 말이 옳았으니까.

내가 늘 피해 왔던, 인정하고 싶지 않은 사실. 그랬다. 어머니는 외로웠다.

어머니는 사치를 모르지는 않았지만, 낭비를 일삼는 사람은 아니었다. 고가 가격표가 붙은 옷은 어머니의 외로움이었다. 가정을 돌보지 않는 아버지로 인해 뚫린 큰 구멍을 어머니는 아버지가 번 돈으로 메우고 있었다. 그 외로움을 돈으로 환산하면 수백만 엔으로는 어림도 없다.

어머니가 벽장에 감추고 있던 비밀을 내가 들춰 내고 말았다. 어머니에게 미안했다. 마지막까지 자신의 외로움은 벽장에 숨겨 두고 오로지 아버지와 나의 행복을 최우선으로 생각하던 사람이었다.

'불완전하면서도 편안한 우리 집.' 내가 나 자신을 납득시키기 위해 오랜 시간에 걸쳐 완성한 슬로건인데 벽장의 비밀이 드러나면서 무용지물이 되어 버렸다.

팔월의 끝, 드디어 아버지 소파를 처분하기로 한 날이 왔다. 폐품업자에게 가져가라고 부탁했다. 속으로는 '꼴좋다'고 험한 말을 퍼부었지만 아버지가 바다에 가라앉는 것 같아 불안하기도 했다.

수거되는 것은 소파만이 아니었다. 폐기하기로 정한 물건들이 들어간 종이 상자 수십 개도 이날 같이 사라졌다. 내용물을 다시 확인할 여유도 없이 업자의 손을 거쳐 사 톤 트럭에 실려 어디론가 가 버렸다. 두 차례 정도면 다 끝날 줄 알았는데 차를 세 번 보내도 '쓰레기'라고 지정한 것들은 없어지지 않았다.

이날은 무척이나 더워서 도우러 온 친구도, 업자도, 나도 목에 수건을 걸고 뚝뚝 떨어지는 땀을 닦으며 작업에 몰두했다. 불가사의한 연대감에 젖어 우리는 모두 분주하게 움직이고 있었다. 아버지만 빼고 말이다.

소파가 사라진 넓은 거실 한 중앙에서 아버지는 다이닝 룸에서 가져온 일인용 의자에 양반다리를 하고 앉아 땀 하나 흘리지 않고 가만히 TV만 보고 있었다.

마지막의 마지막까지 아버지는 그곳에서 움직이려고 하지 않았다. 배는 천천히 가라앉았다. 남겨진 아버지는 흔들흔들 망망대해를 떠다니고 있었다.

좋은 뉴스와 나쁜 뉴스

아버지와 나는 각자 정해 둔 집으로 이사를 했고 잠시 동안 서로 방문하지도 않았다. 그래도 어머니 성묘만은 빠짐없이 갔기 때문에 한 달에 한 번 얼굴은 봤다.

이사한 지 반년 정도 지났을 무렵, 가라앉은 우리 집이 신용 금고로 바뀌었다고 아버지가 말했다. 빈 토지를 보고 슬픔에 빠져 우는 시늉 정도는 하고 싶었는데…, 안타깝다.

"좋은 뉴스와 나쁜 뉴스가 있는데…."

이 유치한 대사를 치는 사람이 존재할까 싶었는데 내 가족이 당당하게 말하는 바람에 너무 당황스러웠다.

"뭔데?"

"어느 쪽을 먼저 듣고 싶어?"

"됐으니까 빨리 말해."

"먼저 좋은 뉴스. 빚 정리됐어. 육십만 정도로 합의 봤어."

"뭐? 분명히 사억이었잖아?"

"그게 육십만이 됐다고. 대단하지?"

"그래, 대단하네."

"그런데 나는 그 육십만을 낼 수 없어."

"그게 나쁜 뉴스네."

나는 "할부로 해 달라 그래."라고 말하고는 전화를 끊었다. 잠시 후 은행으로 가서 내 계좌에서 삼십만 엔을 뽑았다. 나는 아버지에게 너무 관대하다. 어리광을 다 들어준다. 기계 옆에 있던 봉투에 돈을 넣으며 나 자신이 어이가 없었다. 진지하게 인연을 끊자고 마음먹었던 상대방을 위해 지금 무엇을 하고 있는가 싶어서 말이다.

아버지에게 수완 좋은 변호사가 붙어 있다는 건 알고 있었다. 이야기에 과장은 좀 있겠지만 결과적으로 빚이 확 줄어서 기뻤다. 전화가 왔다는 건 얼마간의 지원을 기대하고 있었다는 뜻이지만 그렇다고 해서 딸한테 돈을 받는 건 주저할지도 모른다. 어떻게 건네면 좋을까.

성묘를 한 후 이케부쿠로역까지 아버지를 배웅하기로 했다. 개찰구 앞에 서서 이야기를 하고 헤어지는 순간 아버지에게 봉투를 건넸다.

"이건 뭐냐?"

"전액은 나도 힘드니까 삼십만 넣었어."

'이런 거 못 받아, 그렇게 무리하지 않아도 된다, 너한테 받을 생각은 없었다.' 등등의 말이 아버지 입에서 나오지 않도록 대충 얼버무렸다.

그런데, 그게 말이다. 적은 예상을 뛰어넘었다. 아버지는 밝은 목소리로 "고마워!"라고 말하며 자동 개찰구를 빠져나가더니 저편으로 가 버렸다. 봉투를 살짝 위로 던졌다가 받은 후 가슴 주머니에 넣고 역 플랫폼을 뛰어서 내려갔다. 저렇게 빨리 계단을 내려갈 수 있는 줄 몰랐다. 가슴이 뛸 정도로 화사한 아버지의 행동에 저 남자를 평생 이길 수 없겠다는 생각이 들었다.

나중에 아버지는 말했다.

"현실은 가식과 허영을 넘어선다."

기억해 둬서 손해 볼 말은 아닐 것이다.

생명이 붙어 있는 한 **뻔뻔**해질 수밖에 없다.

다른 듯 닮은 사람들

아버지와 내가 닮은 부분을 꼽으라면 먼저 얼굴이다. 나는 그렇게 생각하지 않지만 누가 어떻게 봐도 붕어빵이라고 한다.

내가 태어난 날 아버지는 막 산 카메라를 가지고 산부인과 병원으로 서둘러 갔다. 찰칵찰칵 몇 장이나 찍었다고 아버지가 말했지만 필름이 들어가 있지 않았다 뭐다 해서 막 태어난 내 사진은 한 장도 없다. 실은 혈연관계가 없는 거 아닌가 하고 의심을 한 적도 있었지만 다들 닮았다고 하니 그런 걱정은 필요 없을 것 같다.

손바닥이 크림빵처럼 동그란 것도 닮았다. 손가락이 통통해서 반지가 안 어울린다. 어머니는 술을 좋아했지만 아버지도 나도 단것만 좋아하고 술은 못 마신다. 피부가 약한 것도 팔이 짧은 것도 닮았는데 이건 어머니도 마찬가지이니 누굴 탓할 수는 없다.

아버지도 나도 입이 걸다. 우리 둘이 나누는 대화를 남들이 들으면 깜짝 놀란다. 아버지보다 내 쪽이 그나마 나은 편이지만 둘 다 거친 말투를 쓴다는 점만은 부정할 수 없다.

나는 어른이 된 지금도 집에서 식사를 하고 있으면 테이블 위가 티슈투성이가 되어 버린다. 입 주변에 붙어 있는 지저분한 것이 신경이 쓰여서 먹으면서 닦지 않으면 안정이 되지 않는다. 어릴 때부터 그랬다. 어머니 말에 따르면 아기인 내가 식사 중에 입 주변을 더럽힐 때마다 아버지가 그것을 티슈로 닦았기 때문이라고 한다.

어느 쪽인가 하면 아버지는 결벽증이고 나는 아니다. 아버지는 미식가고 나는 뭐든지 잘 먹는다. 아버지 때문에 티슈로 닦는 습관만 내게 남아 버렸다. 이 습관을 고칠 생각은 없다. 왜냐면 테이블에 쌓인 티슈 산더미는 아버지가 아기인 내 옆에 있었던 시간에 대한 증거니까.

아버지 때문에 내게 남은 버릇이 하나 더 있다. 수학여행이나 친구와 가기로 한 여행은 물론이고, 출장을 갈 때도 "일단 비상구와 대피 루트를 확인해라."라고 아버지는 입에 침이 마를 정도로 당부했다. 화재가 걱정이 된다며 귀에 딱지가 앉을 만큼 잔소리를 해 댄다.

고등학교 때의 일이다. 아버지와 대판 싸우다가 아버지가 "나가!"라고 소리를 지르길래 그 길로 집을 나와 버린 적이 있었다. 어머니에게만 친구 집에서 자고 오겠다고 얘기해 뒀다. 갑자기 결정된 외박에 나는 걱정이 된다기보다 신이 났다. 친구 집에 가서는 밤늦도록 수다를 떨었다.

새벽 한 시쯤 지났으려나. 갑자기 친구 집 전화가 울렸다. 어머니 전화였다. "아버지가 말이야…,"라며 이야기를 시작했다. 어딘지 모르게 터지려는 웃음을 꾹 참고 있는 듯한 목소리였다.

"아버지가 말이야…, 네가 집에 없는 걸 알아 버렸어. 친구 집에 자러 갔다고 했더니, '그 집 목조로 지은 거 아니야? 혹시 불이라도 나면 어떻게 할 거야? 불이 얼마나 뜨거운 줄 알아?' 이러면서 난리를 치고 있어. 친구한테는 미안하지만 택시 타고 집으로 와."

내가 신세 지고 있는 친구는 지방 갑부 집안의 딸이었다. 그녀의 집은 목조와는 거리가 멀어도 한참 먼 철근 구조 고급 맨션이었다. 결코 아버지가 걱정할 만한 집은 아니었지만 이쯤에서 고분고분하게 돌아가는 편이 좋을 것 같았다. 돌아가는 택시 안에서 이럴 때도 화재 걱정을 하느냐는 생각에 도리어 재미있었다.

집에 돌아가 아버지와 엄마가 쓰는 침실로 들어가자 아버지는 머리까지 이불을 뒤집어쓰고 있었다.

"돌아왔습니다."

"응."

그것뿐이었다. 다음 날에도 마치 아무 일도 없었다는 듯 누구도 외박 미수 사건에 대한 이야기를 꺼내지 않았다.

아버지의 화재 걱정증 덕분에 내게는 지금도 여행지에서 대피 방법을 상상하는 버릇이 남아 있다. 해변의 코티지에서 묵으면 쓰나미가 왔을 때를 대비해 높은 곳으로 도망치는 방법을 머릿속으로 시뮬레이션을 하고, 고층 호텔에서 묵으면 엘리베이터 홀에서 비상구 표지를 무의식적으로 찾는다. 조심성이라기보다는 망상증에 가깝다. 몸에 밴 가르침은 벗어날 수 없다는데 과연 이것은 자산일까, 부채일까.

수없이 많은 나쁜 것을 아버지한테서 받았지만 이어받지 않은 습관도 있다. 그중 하나가 '죽는다, 죽는다 사기'다.

아버지는 피란지에서 아직 덜 익은 매실을 먹고 탈이 나서 '위독에 가까운 상태'가 된 일을 비롯해 중학교 이 학년 때는 충수염, 고등학교 졸업 직전에는 결핵, 오십 대 중반에는 C형 간염, 예방 접종을 해도 일 년에 한 번은 꼭 독감에 걸리는 체질 등 병과 깊은 인연을 맺고 있는 인생이라서 무슨 일이 생기면 "곧 죽는다."는 말을 입에 달고 산다. 얼마 전에는 "남은 수명 삼 개월, 길어 봤자 반년"이라는 진단을 스스로 내렸다. 물론 의학적 근거는 전혀 없다.

푸념을 방치했더니 전화가 왔다. 감기에 걸린 듯 콧소리가 심했다. "죽는다, 죽는다." 하도 지겹게 말을 하길래 대충 약을 사서 아버지가 사는 단지로 갔다. 노인네가 혼자 있기 무서울 것 같기도 했다.

도착해 보니 아버지는 혼자가 아니었다. 예전의 나라면 '안 와도 될 뻔했는데…' 하고 기분이 상했을 법한 상황이었지만 이상하게도 화가 나지 않고 먼저 온 손님에 대한 감사의 마음이 솟아났다. 지금까지 이런 일은 한 번도 없었다. 귀신한테 홀린 것 같은 기분이 들었다. 어머니가 돌아가시고 나서 오늘까지 버텨 온건 왜곡된 집착이었을까.

아버지는 잠옷 차림에 헝클어진 머리를 하고 귤을 우적우적 먹고 있었다. 옆에 있던 껍질을 보니 두 개째 같았다. 코가 막힌 목소리지만 혈색도 좋고 건강해 보였다. 하지만 기분이 썩 좋지는 않은지 "죽는다, 죽는다. 이제 곧 죽어."라는 말을 중얼거리다가 그다지 걱정하지 않는 나를 보며 섭섭해했다. 나는 아버지의 말을 무시하고 가지고 온 약을 먼저 와 있던 손님에게 설명했다.

아버지에게 이야기를 해도 어차피 기억하지 못할 테니, 아니 하지 않을 테니 괜히 헛수고하고 싶지 않았다.

"녀석은 어디에 있냐?"

아버지가 대화에 끼어들었다. 녀석이란 내 동거인을 말한다.

"차에서 기다리고 있어."

나는 그렇게 대답하고 집을 나왔다. 바람이 시원하게 불어왔다.

반년쯤 전의 일이다. "집이라고 부를 만한 곳이 없다."라고 불평하던 내게 "큰 사고를 당했을 때, 돈이 한 푼도 없을 때, 친구에게 말할 수 없는 긴급 사태가 발생했을 때, 그럴 때 연락하는 곳이 집 아냐?" 하고 동거인은 말했다.

나는 아버지에게 연락할 수 있을까? 정말로 귀신한테 홀리게 된다면 가능할지도 모르겠다.

아버지의 전언

오월에 아버지로부터 갑자기 '전언'이라는 제목의 메일이 왔다. 열어 보니 담담한 유언 같은 것이었다.

"어머니가 좋아했던 오래된 가게는 다음과 같습니다. 모나카는 구야, 이쑤시개는 사루야, 주방용 칼은 우부케야, 한편 다진 생선 살에 참마 등을 넣고 굳힌 음식은… 가게 이름을 잊어버렸습니다. 스키야키용 고기는 히야마…."

구야에서 만든 모나카는 먹어 본 적이 있지만 그 외에는 처음

들는 가게였다. 엄마가 다니던 곳을 내가 이어 찾아 주길 바란 것일까? 아버지는 나와 함께 어머니가 다녔던 가게에 가 보고 싶은 듯했다.

그런데 기분이 묘했다. 어머니가 가던 곳을 내가 계승해 버리면 왠지 뭔가가 끝나 버릴 것 같은, 다가가서는 안 되는 방향으로 한 발 나아가 버리는 것 같은 생각이 들었다. 하지만 해야 한다면, 지금 해 두는 편이 좋을 것 같은 기분이 들기도 했다.

여유가 느껴지는 유서 깊은 가게답다고나 할까. 알아보니 대부분 일요일이 쉬는 날이어서 아버지와는 토요일에 만나서 가기로 했다. 약속 시간은 오후 한 시, 와코 앞에서 보기로 했다. 이 시간에 가도 모나카는 못 산다고 해서 구야는 포기하고 닌교초로 향했다.

평소라면 전철을 이용하지만 오늘은 택시를 탔다. 너무 더워서 도저히 걸을 수 없었다. 모처럼 차 없는 보행자 천국의 날인데도 그늘이 없어서 걷는 사람이 거의 없었다.

닌교초역 앞에서 내렸는데 엄청난 더위에도 신축 맨션을 선전하는 입간판을 든 사람들이 몇 명이나 있었다. 참 고생이 많다.

나눠 주는 티슈를 받아 보니 대기업 부동산 회사가 운영하는 맨션이었다. 고급스러운 척하는 문구가 눈에 띌 뿐 중후함이나 럭셔리함은 어디에도 없다. 그런데도 한 채에 오천만 엔부터다.

일억 엔 이상인 집도 있다. 원래부터 여기에 살고 있던 사람이 사는 집이 아니라는 것만은 분명했다. 도쿄가 신흥 부자 동네인 미나토구처럼 되어 가고 있다.

나는 전단지를 가방에 쑤셔 넣었다. 꾸깃꾸깃 휙~ 하고 버리지 못하는 것이 내 약점이다. 토할 것 같은 기분이 들면서도 '저런 집에 사는 사람들은 어떤 생활을 할까.' 상상하는 건 그만두지 못했다.

아버지 손에 꽤 무거워 보이는 종이 가방이 들려 있어서 물어봤다.

"네 엄마가 쓰던 칼이야. 손 좀 보려고."

가방 안을 들여다보니 신문지로 둘둘 말려 있었다. 어머니가 새해에 염장 연어를 손질하던 장면이 떠올랐다. 아버지는 그 칼을 아직 가지고 있었다.

길을 잘못 들어 닌교초 거리에서 반대 방향으로 걷는 바람에 우부케야에 도착했을 무렵에는 아버지도 나도 땀투성이였다. 가게는 생각보다 훨씬 작았지만 에도 시대로 시간 여행을 떠난 것 같은 착각을 불러일으켰다.

오래된 일본 가옥의 유리문을 열자 가게는 손님 네 명 정도가 겨우 들어갈 정도로 작았다. 허리보다 약간 낮은 유리 케이스에는 다양한 사이즈와 사양의 주방 칼이 진열되어 있었다. 중국 관광객처럼 보이는 가족이 들여다보고 있는 유리 케이스에는 족집게, 손톱깎이가 가지런히 놓여 있고, 벽에는 에도 문자로 적힌 도토노렌회의 포스터가 액자로 장식되어 있었다. 도라야, 마메겐, 이세타쓰, 사라시나호리이, 고토토이단고, 우부케야, 이후에 들를 사루야, 아버지가 이름을 잊어버린 어묵 전문점 간모 등이 이름을 올리고 있다. 잠시 찬찬히 들여다봤다.

도토노렌회는 에도 시대부터 메이지 초기 사이에 창업하여 백년 이상 전통을 지닌 오래된 가게 모임으로 장사를 삼대 이상 계속하지 않았으면 회원이 될 수 없다고 들은 적이 있다. 도시의 타워 맨션에는 돈만 있으면 들어갈 수 있지만 이 모임에는 역사가 없으면 들어가지 못한다. "힘내라! 진짜 도쿄!"라고 말해 주고 싶다.

액자 옆에는 큰 유리 케이스가 걸려 있었다. "앗!" 하고 나도 모르게 소리를 질렀다. 케이스에는 대중소, 이십 종 이상의 재단 가위가 진열되어 있었다. 본 적이 있다. 어머니가 소중히 사용하던 것과 똑같이 생겼다.

어릴 때 가위로 천 이외의 것을 자를 때마다 어머니에게 혼이 나곤 했다. 자르는 것에 따라 가위를 바꿔야 한다고 어머니는 몇 번이고 나를 가르쳤다. 재단 가위는 지금 우리 집에 있고 플라스틱이든 비닐이든 뭐든지 사각사각 자르는 데 사용하고 있다. 나는 어머니의 가르침을 따르지 않았다. 반짇고리에 녹이 슨 채 방치되어 있는 가위도 아마 우부케야의 가위일 것이다. 다음에 올 때는 가지고 와서 손질해 달라고 해야겠다.

유리 케이스를 사이에 두고 반대쪽에는 다다미가 깔린 반 평 정도 되는 공간에 있었다. 케이스 너머로 칼이 들어가 있는 종이 가방을 가게 여점원에게 건넸다. 그리고 "갈아 줬으면 좋겠다." 고 전했다.

미닫이문으로 닫힌 안쪽이 작업장인 듯, 점원은 문을 열고 안쪽으로 사라졌다가 잠시 후에 다시 돌아왔다.

"이 주일 정도 걸립니다."

몸짓과 스타일에 기품이 배어 있다. 이런 분위기는 하루아침에 만들어지지 않는다. 마침 안쪽에서 장인이 나와서 아버지에게 말을 걸었다.

"육 촌길이를 재는 단위, 1촌은 약 3.03센티미터이나 되는 칼을 가정에서 사용하시다니 참 드문 일입니다. 보통은 오 촌 정도지요."

"집사람이 쓰던 칼입니다. 이젠 저세상 사람이라서 오늘은 딸을 데리고 왔습니다."

아버지가 젖은 목소리로 말하자 장인과 여점원이 애처롭다는 표정을 지었다.

"그래서 이렇게 더운 날…."

여점원 목소리에는 측은함이 가득 담겨 있었다. 위험하다.

"돌아가신 지 이십 년은 됐어요."

나는 서둘러 덧붙였다. 점원이 어찌할 바를 모르는 표정을 지었다.

"창업하고 몇 년이나 되었나요?"

얼른 화제를 바꾸었다.

"일 대가 돌아가시고 나서 이백삼십 년째입니다."

나보다 나이가 어려 보이는 다른 여점원이 마치 이백삼십 년을 계속 지켜봤다는 투로 말했다. 이번에는 내가 멍한 표정을 지었다. 칼은 배달로 받기로 하고 아버지와 가게에서 나왔다.

다음은 사루야다. 가게가 이전을 해서 그런지 모던한 느낌을 풍겼다. 대충 제품을 살펴봐도 어머니와 얽힌 추억은 느껴지지 않는다. 우부케야의 가위처럼 그리움과 해후하기를 기대했지만 멋지게 기대가 무너졌다. 안타깝지만 어쩔 수 없다. 동거인에게 줄 작은 선물이라도 사서 돌아가자.

아무 생각 없이 눈앞에 진열되어 있는 과자용 이쑤시개를 손에 들었다. 순간 이쑤시개를 만드는 조장나무 향이 코를 자극하더니 나를 추억 속으로 데리고 갔다.

이 향기는 집 주방에서 나던 향이다. 양갱을 먹을 때도 났고, 사과를 먹을 때도 났다. 젓가락과 수저 등을 넣어 둔 서랍을 열면 늘 이 향이 났다. 어머니가 서 있는 주방에서는 이 향이 났다. 가게 사람이 수상하게 생각하지 않도록 계산대를 등지고 서서 맘껏 조장나무가 내뿜는 향을 맡았다. 이쑤시개는 날 위한 선물로 사자.

어묵 전문점인 간모에서는 녹색 덩굴이 그려져 있는 포장지를 본 적이 있다. 히야마의 소고기는 나도 모르는 새 내 피와 살이 되었을 것이다. 인연이 없다고 생각했던 가게에서 내 먼 추억을 소환하는 제품을 변함없이 팔고 있었다.

새로운 것만 좇는 듯한 도쿄에도, 이곳에서 나고 자라고 죽은 사람들을 위해 전통을 계승하고 있는 가게가 있다. 도쿄에 살고 있는 나와, 살았던 어머니를 이어 주는 가게들. 아버지가 정리해서 내게 준 '전언'은 어머니가 살아 계셨더라면 어머니에게 받았을 메시지였다.

오늘, 아버지가 처음으로 어머니와 나를 연결시켜 줬다.

어머니가 저세상으로 가 버린 지 이십 년. 엉망진창, 뒤죽박죽, 혼란과 카오스의 연속이었던 부녀 사이는 가끔은 격렬하게 부딪치면서도 친구같이, 나이 차이가 많이 나는 남매처럼 그렇게 정을 쌓으며 살아가고 있다. 살아서도 죽어서도 아버지와 딸의 완충재로, 통역으로 활약 중인 어머니는 사려가 얕은 아버지와 딸을 잇는 매개체 역할도 해 준다. 아버지를 바라보는 내 시선의 중간 지점에는 늘 어머니가 서 있다.

오늘 아버지는 기억 속 어머니와 내 사이에 서 있다. 지금까지 살아오면서 가장 아버지다운 아버지로 보였다.

복과 화는 새끼줄처럼 번갈아 온다고 하지만 부녀는 사랑과 증오를 꼬아서 만든 밧줄과 같다. 사랑도 증오도 양이 많을수록 밧줄은 굵어지고 튼튼해진다.

'어머니, 우리 집도 드디어 아버지와 어머니와 딸로 구성된 가족이 되었습니다.'

니혼바시에서 아버지의 뒷모습을 배웅하며 나는 아버지에게 인사를 했다. 아버지는 뒤돌아보지 않고 가볍게 오른손을 들어 보이며 지하철 계단을 내려갔다.

옮긴이 이은정

이화 여자 대학교를 졸업했으며 일본어 교사 양성 과정(문부성 승인)을 수료했다. 현재 출판 기획 및 일본어 전문 번역가로 활동하고 있다.

주요 역서로는 나쓰메 소세키의 『마음』, 다자이 오사무의 『인간실격』, 『봄 여름 가을 겨울 이렇게 멋진 날들』, 『매일매일 즐거운 일이 가득』, 『도시락의 시간』, 『수상한 전학생 IQ 탐정 뮤(전3권)』, 『신 학교괴담(전2권)』, 『산다는 건 잘 먹는 것』, 『텅 빈 마흔 고독한 아빠』, 『야근하지 않고 일하는 기술』, 『인생의 기준이 되어줄 지혜의 서』, 『말은 필요 없어』, 『애벌레빵』, 『나의 친구』 외 다수가 있다.

산다든가
죽는다든가
아버지든가

초판 1쇄 발행 | 2022년 5월 8일
초판 1쇄 인쇄 | 2022년 4월 28일

지 은 이 | 제인 수   옮 긴 이 | 이은정
펴 낸 이 | 박경준   펴 낸 곳 | 미래타임즈

디 자 인 | 김보영   편   집 | 고흥준
일러스트 | 박소연   홍   보 | 김선영

주   소 | 경기도 고양시 일산동구 장진천길 22-71
전   화 | 031-975-4353
팩   스 | 031-975-4354
이 메 일 | thanks@miraetimes.com
출판등록 | 2001년 7월 2일 (제2020-000209호)

값은 뒤표지에 있습니다.
ISBN 978-89-6578-183-7 (03830)